U0076185

天下篇，逍遙遊
七星劍，葫蘆酒
你就這樣長身去了江湖
自天涯滄桑風塵回來的你
大鐘鳴鼓，琴瑟竽笙
高台厚榭，邃野之居
或人何在？或人何在？
你又帶書攜酒配劍
從眼前到天涯，一路過去

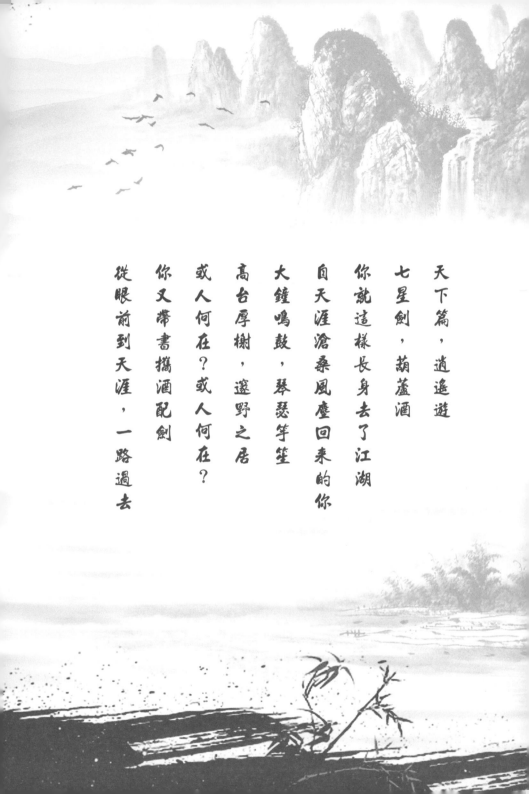

落花也有溫柔的遠志
像人走向水涯
而裘褐為衣，棺桐三寸
張目奸逼切如大火逼你躍牆
身臨絕澗如閉目飛躍
而這一躍往何處去呢
流水也有悲壯的柔情

——摘自溫瑞安《山河錄》之華年

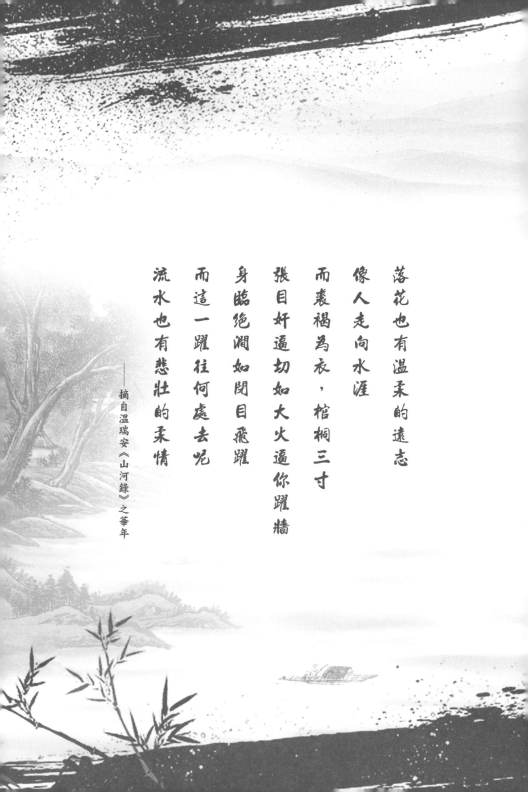

四大名捕系列

武俠經典新版

四大名捕會京師 2

【毒手】

溫瑞安 著

四大名捕系列

四大名捕會京師

第二冊 毒手

目錄

第三部 毒手

第三部　毒手

一　血牢逃龍

滄州「鐵血大牢」。

時正冬，風雪漫天。

滄州之「鐵血大牢」乃當今三大死牢之一；凡是被關入「鐵血大牢」的犯人，莫不是罪大惡極、十惡不赦。一旦抓獲殺人放火的歹徒，在未處決之前，爲防有逃獄或劫獄之類的事情，多送至「鐵血大牢」，因爲「鐵血大牢」比一般的監牢防備，更爲森嚴。

而今正是風雪會滄州的時刻，遍地是雪，白皚皚的一片，地上積雪，至少也有幾尺厚。枯枝上凝著雪花，常因負載不起而折落，無聲無息地落在厚厚如地毯的雪地上。

這是「鐵血大牢」的大門，除了七八名守衛銅人一般屹立在門前外，四周都只有風雪之聲，出奇的肅殺，也出奇的寧靜。

北風狂吼。

鎮守「滄州鐵血大牢」的軍官，共有兩名，每月輪值，一旦有任何閃失，這兩名軍官，即時撤職查辦，直至追回犯人，才能將功贖罪，重返司職。

所以作爲「鐵血大牢」的鎮守軍官，不但餉糧極優，且因要隨時奔命江湖，所冒風險也極大。滄州「鐵血大牢」裡，共有十二位軍官，這十二個軍官，每半年輪值一次，一次爲期一月。那一個月對他們來說，都是小心翼翼，提心吊膽的日子。

可是這一個月辛勞過後，他們便有五個月的太平安寧而且舒適的生活了。

所以這十二名將領，不但是個個武功高強，而且在武林中，也是大有名頭，交遊廣闊的人；要是交遊不夠廣闊，一旦有犯人逃獄，浩浩武林，豈不是直如海底撈針，如何追捕？

這個月輪值的軍官是兩個在江湖上赫赫有名的武林高手，總將領「神槍」時震東，副統領爲「三手神猿」周冷龍。這兩人的武功高絕，若聯手應敵，天下能走出其三十招的人，已寥寥可數。

況且這兩人出身是綠林義盜，經驗豐富，正所謂「賊也做過了，如今當起官兒來」，江湖上，黑白二道，無不賞幾分臉。

這「鐵血大牢」中，除兩名將官外，還有四名獄官，同樣是輪值的，與將官相同，但身分比將官微低，比獄中其他司職都高，他們跟將官的職務不同的僅是：將官是幕後主管，他們則親力執行押送收監等，這四人便是獄監，一旦獄中有所閃失，便與將官同罪。

所以這些獄官，自當也是武林高手。

這個月當值的四名獄監是：「鐵膽」勝一彪、「長刀」沈雲山、「分金手」田大錯、「飛燕」柳雁平等四人。

「鐵膽」勝一彪是長江勝家堡後裔年紀最長的一個，一雙飛膽，可稱摧人心魄；長江勝家本重於刀法，獨有這名長子，棄刀不用，改練飛膽，竟有大成，別的不說，單是膽識創意，便令人側目。勝一彪自吃公門飯以來，手刃無數江湖敗類，歹徒們一提「鐵膽」二字，可謂嚇破了膽。

「長刀」沈雲山，機智絕頂，狡猾輕靈，善使七尺一寸「長刀」，一套「落馬斬」刀法，所向披靡，遇上他的江湖惡徒，一見「長刀」，便不敢戰，棄械而降。

「分金手」田大錯，雙手就是武器，練得猶如兵刃，其硬如鐵，曾赤手空拳，上「十狼山」把山上「十狼九虎」，盡皆擒下，聲名於是大噪，為人卻魯直而急公好義。

「飛燕」柳雁平，輕功冠絕，天下飛盜遇著了他，等於蚊子遇著了燕子，再生多雙翅膀，也逃不掉；為人聰明機靈，四人當中，數他最為年輕。

而這四人的武功，比起「神槍」時震東及「三手神猿」周冷龍來，又有一段差距了。

所以「鐵血大牢」有這些人在，等於是鐵籠一般，連一隻麻雀也休想飛得入，連一隻蒼蠅也休想飛得出。

可是——

竟然有東西自「鐵血大牢」闖了出來，既不是蒼蠅，也不是麻雀，而是人。犯人。

不單是犯人，而且幾乎全是「鐵血大牢」裡的首號重犯。

「鐵血大牢」。

大牢門前。

那八名守衛，正在閒聊之際，忽聽一陣急促但整齊之腳步聲傳來，抬頭只見一行九人，向前而來，爲首的一人，身著黑緞滾血紅絨邊披風，年約三十，細眉窄眼，顯然足智多謀，背後倒掛一架又長又薄的長刀，不是沈雲山是誰！

那八名守衛，紛紛拜禮，其中把守牢門的守衛畢恭畢敬地向沈雲山道：「沈統領，您……您要進去？……」

風雪狂吼，沈雲山冷笑道：「我不進去難道要待在這兒捱風熬雪？」

那守衛忙道：「是是是……」

遂用大把鑰匙，開了鐵門，沈雲山回首向身後八人說道：「跟我進去。」

走到一半，忽又向那守衛問道：「此刻在獄的統領，有幾人在？」

那守衛笑道：「兩位將軍都不在，但田統領、勝統領、柳統領等，都在獄中各部巡察。」

沈雲山沉吟了一陣，忽然道：「你知道勝統領在那裡？」

那守衛搔了搔頭，道：「好像是在第三號牢中巡視。」

沈雲山沒有再作聲，點點頭便帶那八個人走進獄中，那守衛見那八人木然自身側穿過，不禁隨意望了一眼，這一望之下，幾乎嚇得他一大跳，這八個人，不是眇左目，便是瞎右目，有的斷了左手，有的斷了左腳，有個人右手臂衣袖飄飛，有個人右腳裝了根鐵筒，也有個人臉上一記刀疤，幾乎劃斷了他的半張臉，還有一個，竟然兩隻耳朵，都不見了。這竟是八個殘廢不全的人。

最令這守衛頭皮發炸的是，這八人雖作衙門中人的打扮，但披髮及肩，又髒又臭，凸眼獠牙，狀似魔鬼，活像行屍，最奇怪的是，八人臉色木然，一點表情也沒有，那守衛直至八人消失於獄門後，才叫得出聲：「我的媽呀！」

那一名守衛也看到了，咋舌道：「這八位不知那一門的部下，敢情又是抓一些武林大惡出去砍首的了。」

另一守衛也猶有餘悸，道：「只怕那被抓的人，再也用不著砍首了。」

還有一名守衛聽不明白，問道：「爲什麼？」

那守衛道：「唬也被唬死了，還砍首來做什麼！」

眾人笑了起來，邊說邊笑，不覺又把話題扯遠了，直至獄門裡發出一聲撕心裂肺的慘叫的時候。

這一聲慘叫，在他們來說，是極之熟稔的，這聲音本來是極之威嚴凌厲的，但如今已因痛苦而扭曲了。

這是勝統領的慘嚎。

這八名守衛紛紛對望了一眼，正是不知所措的時候，忽然閘門裡的栓子已打開了，可是這閘門因求萬無一失之故，最後的一道鐵栓，是扣在鐵門外的，若鐵門外的人不肯打開，裡面的人一樣無法出來。

其中一名守衛打開閘門上的一扇小孔，問道：「令牌！」

那小孔裡面遞出一面金青色的小令，這金牌若在手，才可出此大門，而這些令牌，必須是「鐵血大牢」的值月將軍才能賜給的。

另一守衛道：「暗號。」

裡面的人答道：「日長夜短，不是冬天。」

守衛應道：「在家靠朋友。」

裡面的人即道：「出門是敵人。」然後不耐煩地喝道：「快開門，我是沈統領！」那守衛慌忙掏出鑰匙，打開了門，只見裡面魚貫走出了十二個人，爲首的一個，正是沈雲山，神色略略有點倉皇。

在沈雲山身旁的一人，卻一點也不張皇，髮披肩，約莫五十歲，十分沉著，眉宇高聳，但雙目不但煞氣奇大，而且有一種令人瞧了也心驚的異芒。

在沈雲山身後的兩人，約四十餘歲，十分精幹，雙目炯炯有神。左邊的稍爲癡肥，右邊的略爲高瘦。他們這三人的相同點，皆是額上有暗青烙印，顯然是「鐵血大牢」中的死囚。

他們不斷的在搓揉手腕，而且足踝之間都有痕跡，顯然是因長久被枷鎖及鏈子所扣，而今一旦鬆脫，還未能適應過來。在這四人的身後，仍是那八個殘廢人，神色木然，紋風不動地走著。

那幾名守衛，看了倒抽一口涼氣；但見犯人脫枷，又不得不問，於是，其中一名守衛，硬著頭皮道：「沈統領……你們……」

在同一時間，只見沈雲山似閃電一般的雙目，已盯在他身上，而沈雲山背後兩人，一個目光似劍，一個目光如刀，直刺得他雙目發痛。唯獨是沈雲山身旁的那人，卻似無動於衷。

那名守衛下面的問話，再也吐不出來，期期艾艾地道：「你們……嘿嘿……你們……風雪這麼大，你們要……出……出去啊？……」

沈雲山冷冷「嗯」了一聲，掃了他一眼，領著十一人，迅速地在雪地上消失。

守衛們親眼看見這十二人消失得如斯之快，一時面面相覷，說不出話來，忽有一人「啊」了一聲，指著地上的積雪，叫道：「你們來看！」

原來這些人走過的雪地上，都有兩個一列整齊的足跡，留在雪地上，不過都很淺，可見這些人內功修爲之高；但最驚人的是，在沈雲山身旁的，竟連足跡也沒有；而沈雲山身後的那兩人，也只留在雪上輕輕一點，因雹雪下降極密，又迅速變成連一點痕跡也沒有了。

這豈不是武林中極具盛名的「踏雪無痕」神功麼?聽說只有「四大名捕」中的追命，才有這等絕世輕功。

難道這些人的武功，竟比他們所佩服的沈雲山統領還要高麼?

這八名守衛你看我，我看你，一時不知怎麼說話才好。

忽然自未關的閘門裡躍出一人，一身淡青綠衣，在雪地上一閃而滅!

這八名守衛驚叫道:「柳統領!」

卻聽牢中一聲大吼，又一身形粗壯的金衣大漢虎躍而出，雪花降在他身上，立刻蒸發成水霧，輕煙般的自他身上源源升起，只聽這人吼道:「你們看見沈雲山那活王八去了那兒?」

其中一名守衛，失聲呼叫道:「田統領!」

「分金手」田大錯吼道:「他們去了那裡?」

這一聲大吼，震得這幾名守衛金星直冒，因田大錯是站在鐵閘門口的，這一聲吼，滾滾地傳了開去，宏壯的聲音不斷迴盪。

他們深知這位田統領正如勝統領一般，脾氣極爲暴躁，但卻也從未見他發那麼大的脾氣，因此嚇得呆了，其中一名守衛壯著膽道：「……沈統領他們往那邊去了。」

一語未畢，金風一閃，逼得那守衛連一句話也說不出來，再看時，那魁梧的金衫已在數丈之外，急奔而去，所走過的地方，積雪都被踏得四分五裂；這雖不是「踏雪無痕」的輕功，卻是「落地分金」的內功修爲，已令人可羨可驚了。

那八名守衛驚疑不定，一時不知如何是好，只聽人聲沸騰，從閘門裡衝出三、四十名侍衛，拔刀提槍，持枷攜鎖，向這八名守衛問道：「他們逃去那裡了？」

其中一名守衛叫道：「裡面究竟發生什麼事了呀？」

一名提刀的侍衛叱道：「混帳，你們把守在這兒，難道沒瞧見麼？」

八名守衛的其中一名，訴苦道：「看見是看見了，可是，我們不懂是怎麼一回事呀？」

一名抓著鐵爪的侍衛沒好氣的道：「我們也不大清楚，只知道勝統領死了，『天劍絕刀、嶺南雙惡』時家兄弟及『絕滅王』楚相玉都逃了出來，聽說竟是沈統領放的，還殺了十來個兄弟……」

那八名守衛驚得震呆當堂！

什麼？

「天劍絕刀、嶺南雙惡」時家兄弟，居然出獄了！

「絕滅王」楚相玉也逃獄了！

這些守衛們對「絕滅王」楚相玉的身分，還不大瞭解，但畢竟也是武林中人，曾聽說過那「天劍絕刀、嶺南雙惡」時家兄弟。

這時家兄弟，一個叫時正衝，一個叫時正鋒，本來還有一個年長的，不過，聽說已失散於江湖。

這時家兄弟，長的稱爲「天劍」，幼的稱爲「絕刀」，其惡名之昭彰，縱非武林中人，甚至三歲幼童，也聽說過，尤其是嶺南一帶的人，大人們常常教訓小孩子說：「你長大以後，切不可以像時大惡、時小惡。」

每個幼童，都答得出，而所謂「時大惡、時小惡」者，正是時正衝、時正鋒二人。

這兩人作惡事，是殺人不眨眼，無所不爲，甚至自己的爹娘，也給他們兩人殺了，令人髮指。

這兩人在嶺南横行霸道多時，官府從未放棄過追捕，一般武林中人，也恨絕這二人，樂意爲官家效勞，官方雖然懸賞極高，可是八、九年來，死在這兩人手下的官兵，至少也上四、五十名，武林中人也折了七、八十人，而這兩人仍逍遙法外，自由自在。

直至三個月前，被譽爲「天下第一智者」的諸葛先生門下譽滿江湖的四大名捕中「冷血」、「追命」二人，於滄州道上巧遇「嶺南雙惡」，聯手擊敗雙惡，擒下至「鐵血大牢」，本擬於三日後處斬，而今竟教人給救走了。

這兩人居然重入江湖，天下焉有安寧之日？

況且這件事，居然還和「長刀」沈雲山有關呢！

這八名守衛再不敢遲疑，指明道路，那一群捕快，在雪地上急急出發而追。

風，吹著；雪，下著。

風雪如神，大地如砧，人如螞蟻，在一片白皚皚中匆匆忙忙，奔馳而去。

那八名守衛紛紛提高警覺，關緊鐵牢大門，仗立於門前。

滄州「鐵血大牢」，在風雪中，又恢復了巍峨，和它的寧靜。

◇◇◇◇◇◇

輝煌雄偉的大殿上，一個雪袍中年人在來回踱步著，頎長的身形，兩頰與下頷長鬚，右手中指一枚玉戒指，臉如鐵色，不怒而威。

這人額頂佈滿汗珠，顯然是十分焦慮，像正等候什麼人來似的。

忽然大殿人影一閃，一穿寶藍錦袍的大漢，已出現在大殿上，雪袍人一見藍衫人出現，立即道：「鐵血大牢的事你知道了？」

那藍衫人一面揩汗一面回答，語音有些微喘息，顯然是經長途跋涉而來的。

「知道了。我本來是往金沙鎮途中，特訊使來報，我即刻趕返，因怕馬慢，棄馬而馳，如是趕來。」

敢情這人嫌馬匹的腳力慢，居然憑了雙腿奔馳而來。

雪袍人沉聲道：「兄弟，咱管轄的地方，出了這種事，看來咱兄弟頭上的盔帽是戴不下去了。」

藍衫人蹙眉道：「將軍，愚弟即率眾人中原追捕，天涯海角，也要抓他們回來歸案。」

雪袍人長嘆道：「出了這等事，爲兄自也不能閒著：走了『嶺南雙惡』，還不打緊，連『絕滅王』也逃走了，只怕絕不好追。而且據說劫獄的還有『天殘八廢』，這件事實在不好辦。」

那藍衫人語音有點惶急道：「但若不把楚相玉追回來，只怕咱們的腦袋也保不住了。」

那雪袍人仰天長嘆道：「只是天下那麼大，楚相玉是何許人也，又教咱們如何去追？看來而今只有一個辦法了……」

藍衫人目光閃動，立即問道：「什麼辦法？」

那雪袍人一字一句地道：「去找諸葛先生，諸葛先生是武林之賢、皇上之友、文林之仙、俠道之友，若有他相助，肯指點咱們迷津，追捕楚相玉，則有望矣。」

那藍衫人跳起來道：「對！找諸葛先生幫忙！我怎麼沒有想到？」

雪袍人沉聲道：「事不宜遲，現在就去！」

藍衫人返首叫道：「來人，準備快馬二匹；周福，你快回『湘碧閣』取我珍藏古畫十六幅，快！」

◇◇◇

滄州官道，風雪交加，忽起快馬二、三十匹，馬上人身著急風披肩，皆是將官捕快打扮，像迅雷一般，急馳而過。

全滄州府的人都知道，必定是滄州府內出了大事，因爲爲首二人，身著雪袍的，乃是朝廷重將，官位極高，江湖上人稱「神槍」的時震東將軍，在他身側，身著藍袍的，便是滄州府鎮邊大將軍「三手神猿」周冷龍將軍。

緊貼他們身後的兩人：一個是金衣寬袍，魁梧大漢，顯然便是「鐵血大牢」之「分金手」田大錯總管，另一青衣勁裝，年輕俊秀，顯然是江湖上以輕功稱著的「飛燕」柳雁平。

這幾人居然在風雪中的滄州府官道上急馳，顯示出所發生的，絕不是尋常的事。

◇◇◇

白玉一般精緻廳閣，在白玉一般的桌上，淡黃的燭光下，一十六卷古畫，已擺在桌上。在桌子的前端上，一老者微笑立著，端詳著這些出現自名家手筆的古畫，撫著銀白的鬍鬚，神態十分悠閒，又似是人已融入畫裡，渾然忘我。

這老人歷盡風霜的臉上已有了許多許多的皺紋，但卻仍然具有一張孩子般俊朗的臉容，因年紀大了的關係，卻顯得清癯了起來，可見在他的少年時光裡，是何等的愜意激越，何等壯志豪情，何等神風俊朗。

這老人穿著白色的長袍，黑色的邊子自領部一直鑲至腹部，令黑色更顯著，白衣更奪目，他一生人也是這樣，雖然足智多謀，位高權重，武功之高，據說已不在天下三大高手：「長笑幫」幫主曾白水，「試劍山莊」莊主司徒十二、「風雲鏢局」局主龍放嘯三人之下，但他卻黑白分明，一生人做事一就是一，二就是二，俠者的信念，正義的主張，從來就沒有動搖過。

這個人就是諸葛先生。

◇◇◇

諸葛先生最愛的是：琴、棋、詩、書、畫，江湖中人都知道，於是這十六卷古畫，便置放在諸葛先生的面前。

諸葛先生微笑著，用他保養得如玉修長的手，撫著長髯，在他身旁一名未屆卅的青年，也在旁微微的笑著。

任何人與諸葛先生站在一起，都像在古人飛越的勁筆下，高山流水，高人隱士出現在瀑布流泉之旁，但卻把現實俗人加了進去一般，俗不可耐。唯有這名青年，身著淡藍色長袍，站在這老人的身旁，無論在氣勢上、氣度上、氣質上、氣派上、氣魄上，都能與諸葛先生配合，絕不因而相形見絀。

這人不是誰，這人是諸葛先生親手訓練的四大名捕：無情、冷血、鐵手、追命中的第二門徒：鐵手。這四人，以冷血年紀最輕，無情次之，鐵手比無情還要大一些，年紀最大的，要算是追命了。

諸葛先生親手訓練的名捕，三十年來，只有六人，六個都曾名震天下，但其中兩人卻英年早逝。

剩下的四人當中，無情以計略及使暗器冠絕天下；冷血則是堅忍的性格，及迅急的劍法狠辣無比；鐵手是鐵拳無敵，再加上無匹的渾厚內力；追命則是輕功奇高，以及腳法無雙。

這個故事，正是寫鐵手親出江湖，與武林梟雄作一番險死還生惡鬥的故事。

諸葛先生微笑道：「這是名畫。」

鐵手笑道：「這種激越的手法，並非當朝畫者所能有之胸襟：畫是古畫。」

時震東在一旁陪著笑臉道：「人是名人。」

諸葛先生道：「哦？」

時震東笑道：「如果不是名人，又如何能欣賞名畫？」

周冷龍緊接著道：「先生要是喜歡，這些畫乃是我周家珍藏，都相贈與先生好了。」

諸葛先生似出神了一會兒，忽然笑道：「請用茶。」

「神槍」時震東及「三手神猿」周冷龍都是見過大場面，上過大陣仗，沙場殺敵的名將，但如今一見諸葛先生，竟都由衷佩服，有點不自然起來；周冷龍之送畫，沒料到諸葛先生言而顧他，不禁呆了一下，在一旁的鐵手舉杯笑道：「二位將軍請用茶。」

二人慌忙舉杯，稍沾一口茶，作個意思，沒料茶一進口，香得入心入肺，竟不自禁的一口飲盡，二人對視一眼，時震東微微一笑道：「先生原來還是茶道高手；我時某人一生喫茶，從未呷過如此香妙的茶品。」

諸葛先生淡淡笑道：「這茶是潮洲『湘妃』名茶，煮這茶的爐是泉州『紅泥小火爐』，這茶燒的水是天下第一泉，用的薪是桐州『紅杉神木』，所以人只不過是個蒐集者而已，這茶所以好，所以香，所以高，都是自然妙品，並非人功。」

時震東笑道：「先生高見。」

諸葛先生揚手道：「二位請坐。」隨意在一檀木椅上坐下，微笑道：「二位自滄州趕來，又正是風雪漫天，這位周將軍，攜畫而來，必當有事，二位直言即可，否則，二位將軍沙場奔命，爲國奔驅，老夫阻礙了二位時間，心怎生安呢！」

「神槍」時震東與「三手神猿」周冷龍對望了一眼，不禁臉上一紅，原來自己是無事不登三寶殿，諸葛先生一看就看出來了。

「神槍」時震東愧然道：「先生目光如炬，明察秋毫，在下等，確是有事而來求教先生的。」

諸葛先生笑道：「求教則不敢當，老夫願聞其詳，能驚動兩位將軍的，想必非同小可。」

時震東嘆了一口氣道：「『天劍絕刀』時家兄弟逃獄了。」

鐵手在旁，微微一震，說道：「將軍說的，是『嶺南雙惡』時正衝、時正鋒兄弟？」

時震東嘆道：「不錯。」

諸葛先生「噫」了一聲，撫髯道：「這時家兄弟，作惡多端，當日冷血、追命合力追捕之時，也確花了不少精力，大家正為這二人被捕額手稱慶，沒料到還是讓他逃了出來。」

時震東黯然嘆道：「這都是在下失職之故，使先生及先生門下諸多費神，在下也不知如何說是好……問題是，這次逃出去的人，還有楚相玉。」

諸葛先生本來銀眉低垂，沉思不語，忽聽「楚相玉」此名，猛揚眉抬目，目光如電，看得身經百戰的時震東及周冷龍二人俱為一震，諸葛先生疾道：「你說的是

『絕滅王』楚相玉？」

時震東慚然道：「正是。」

諸葛先生跌足長嘆道：「此人若逃出大牢，江湖豈有寧日！」

周冷龍在一旁禁不住問道：「我也聽說過『絕滅王』楚相玉一記『冰魄寒光、赤焰烈火功』，冠絕天下，而且足智多謀，作惡多端，但不知……爲何……」好像很難說下去一般的，只瞧了瞧諸葛先生。

諸葛先生一笑道：「周將軍說得對，若楚相玉不過是一名武林惡徒而已，並不足畏；但他卻是朝廷欽犯，曾三次行刺皇上不成，而且有野心獨霸天下，曾聯絡綠林道上七十二把分舵，長江三峽二十七水道道主，與賊寇等企圖進軍皇城，……此人雖已有把年紀，但臉色如玉，無論在如何齷齪的環境之下，仍如玉樹臨風，修養保養俱極周到，並且具有領導才幹，皇上之所以下旨暫時收押此人，乃想收爲己用，而今一旦逃脫，只怕此人必不干休，再擾亂民心，威脅諸侯，那時候……唉。」

時震東將軍長嘆道：「正是。昔日這『絕滅王』楚相玉引發叛亂之際，幸得諸葛先生獨下二十七水道，說服諸人，棄離叛軍；又技服綠林群豪，給予適當之安撫，始平息了楚相玉之作亂。楚相玉見事不成，曾三度行刺皇上，第一次被禁軍所發現，在千數人的圍攻下而逃；第二次行刺已接近皇上身前，但被皇上座下高手所阻，死力相護，楚相玉方未得逞；第三次行刺，恰好諸葛先生亦在紫禁城中，力戰『絕滅王』，於是，楚相玉終於被擒下。」

周冷龍動容道：「這麼說……若此事爲皇上得知……咱們豈不罪無赦……腦袋……腦袋搬家了麼？」

諸葛先生正色道：「這事嚴重，楚相玉此人，老夫絕不讓他逍遙法外的……兩位將軍，請把詳情一一相告，以俾從詳計議，追捕惡徒。」

時震東喜道：「是。正望先生指點迷津，拔刀相助。」

諸葛先生道：「不用客氣。」

「是這樣的，這個月滄州『鐵血大牢』乃由在下及周兄弟執管，還有四位執行官，他們是『鐵膽』勝一彪、『長刀』沈雲山、『飛燕』柳雁平及『分金手』田大錯……」

諸葛先生點點頭道：「鐵血大牢是穩固的大牢，素來嚴密，現有二位將軍親馳，又有勝、柳、田、沈四家所協助，理應無失才對。」

時震東嘆道：「對。本理應不失才對。但就今日清晨，風雪密集之際，沈雲山那廝竟帶了八個衛門中人打扮的人回來，殺了鎮守第二牢的勝一彪，並傷了數名獄卒，奪得鑰匙，救走了楚相玉及時家兄弟。」

諸葛先生沉吟道：「沈雲山平日是否在將軍麾下？」

時震東頷首道：「他是在下軍隊中相當出色的一人，原屬兵部尙書郎左將軍的麾下，後因滄州配發，軍備不足，故調入我部屬中。」

諸葛先生道：「他平日行爲如何？」

時震東有條不紊地道：「刀法凌厲、迅急，爲人機靈，但略嫌險詐，曾立了三次大功，唯在我部下，曾犯兩次小案，但在下並沒給予嚴重之處罰，一因他並未眞箇犯下大案，二因在下需要這種人手。」

「神槍」時震東身爲大將軍，居然對身邊的一名部屬瞭解得如此之深，而且記得如此之熟，確有過人之能；他明知沈雲山奸詐，但不得不容他，這點諸葛先生是十分明白的，因爲作爲領袖，是極需要這種部屬，卻又心存顧忌的。

諸葛先生問道：「他犯下的，是什麼案？」

時震東道：「第一次是盜用軍餉，被我發現，鞭苔六十下，苦刑三日；第二次是企圖調戲良家婦女，被發現，被我摑了兩記耳光，杖擊十二下。」

諸葛先生忽然說道：「慢！他第二次企圖調戲良家婦女一案，是不是將軍你發現的？」

時震東望向周冷龍，周冷龍忙道：「當時乃在下帶他們去徐州，時兄並不在場，在下乃歸隊後才報告時兄知道的，當時撞破他好事的是『鐵膽』勝一彪統領。」

諸葛先生道：「哦？」

時震東道：「所以在下覺得，沈雲山這趟劫走犯人，不僅爲了與犯人的交情，而且也可能是公報私仇，這可從他獨獨殺死勝一彪便可看出。」

諸葛先生抬目道：「你說他獨獨殺死勝一彪嗎？」

時震東道：「他們一行九人衝入『鐵血大牢』時，經由一號大牢，轉入二號大牢，那時田統領在那裡，一時不察，被沈雲山制住了穴道，然後他們衝入第三牢，救出楚相玉，殺了勝一彪。」

諸葛先生緩緩道：「這麼說，『鐵血大牢』是先經過第一牢，再至第二牢，經過第二牢，才能到第三、第四牢……」

時震東道：「不錯。」

諸葛先生繼續道：「那麼那位穴道被制的田統領呢？」

時震東道：「他只是被點了『軟穴』及『啞穴』而已，眼睜睜的看著沈雲山殺了獄卒，救出時家兄弟，卻奈不了何。」

諸葛先生道：「這麼說，時家兄弟是關在第二牢裡，由勝統領看守。」

然後問道：「勝一彪平日爲人如何？」

周冷龍接道：「這勝一彪麼，無論如何，也是頂呱呱的好漢，一雙鐵膽，幾乎是百發百中，又一身是膽，勇武非常，我很欣賞。」

時震東也道：「勝一彪確是好漢，亦非常盡職，他唯一不好的是，非常魯莽，這幾人中，除田大錯與他交情較好之外，其他的人，都與他相罵過，所以，不會有感情，想不到他因而遭了沈雲山的毒手，唉……」

諸葛先生道：「這田大錯在不在？」

時震東道：「這件事既然發生了，跟每一個人都有關係，我已把他帶來了，先生要不要一見？」

諸葛先生沉聲說道：「我有話要問問他。」

時震東朗聲叫道：「好，傳田統領進來。」

一個身形魁梧的金衣大漢，威風八面地步入大廳，先向時震東、周冷龍二人一拱手，再向諸葛先生一抱拳，諸葛先生微笑道：「果是好漢，田勇士請坐。」

田大錯聲音渾宏：「謝了。」

便大剌剌的在一張檀木椅上坐了下來，差些兒沒把椅子壓碎，自己也給唬了一跳。

諸葛先生仍然微笑道：「案發時，你正在二號大牢中，是吧？」

田大錯朗聲道：「正是。」

諸葛先生道：「可否請你把案發時的經過說一遍？」

田大錯揚聲道：「好的。今日清晨，我正在二號大牢中醒來，十分無聊，正練著功夫，這時那王八就跟八個王八走了進來，媽的——俺沒料到那王八是這種人，我就問他有沒有酒，他就忽然乘我不備時，出手點了我的『軟穴』——」

諸葛先生截道：「你說的『那個王八』，是不是沈雲山？」

田大錯越想越氣，吼道：「他不是王八是誰？他是烏龜孫子——」

時震東忽然一聲斷喝：「老田，怎可對諸葛先輩如此說話——」轉首對諸葛先生一揖道：「大錯本是武夫，不懂禮節，請先生及鐵兄弟恕罪則個。」

諸葛先生笑道：「沒有關係，老夫倒是極爲欣賞這烈性漢子；說下去。」

田大錯緩和了一點口氣，繼續道：「那廝點了俺『軟穴』，不能動彈，跟俺守牢那幾個弟子走過來，沒料到那八個殘廢王八，出手狠辣，一下子便要了他們的命；那王八取了俺的鑰匙去放那對姓時的活寶，俺看不過眼，就恁自在地上破口大罵，那八個殘廢王八還想上前殺俺，那王八總算還有點人性，喝住了，然後就與那姓時的兄弟闖入第三大牢，俺氣得肺都要炸了——」

諸葛先生忽然道：「等等，是沈雲山喝止那些人殺你是嗎？」

田大錯昂然道：「不錯。俺雖恨煞那小子，但仍記著這情份。」

諸葛先生又道：「你跟沈雲山的感情本來很好？」

田大錯怒道：「大家同是一個牢裡幹活兒的人，本來是好好的，偏就是那王八欺負人，三個月前俺與他打了一場後，就沒招呼過。」

諸葛先生道：「哦？你們打過架？」

周冷龍接道：「不錯，當時沈雲山在欺凌一名獄卒，踢翻了他的飯盤子，老田與勝一彪當時都在，就要沈雲山把地上的飯吞下去，沈雲山那裡肯，就二對一打了起來，後來小柳趕來通報我，我才趕去制止他們的打鬥——」

時震東瞪著周冷龍，沉聲道：「獄裡有這樣的事，你怎不告訴我？」

周冷龍「喔」了一聲，一時答不出來，諸葛先生道：「後來怎樣了？」

田大錯氣忿地道：「隔了一會兒，我便見到那王八等又出來，還帶了那姓楚的傢伙，奪門而出了，約莫半盞茶時分，小柳來到，即解了俺的穴道，便去三牢，俺舒動了一下身子，也趕出去了。」

諸葛先生沉吟道：「你在穴道被制時有無聽到任何異聲？」

田大錯頷首道：「有。裡面先有一個人跌倒，然後是小子們拔刀聲，隨即是慘叫聲，還有，最後一聲慘叫，似是老勝的聲音。」

諸葛先生緊接著問：「最後一聲慘叫是什麼時候？」

田大錯想了一會兒道：「記不清楚了，俺那時正在破口大罵，也聽不清楚。」

諸葛先生忽然問道：「你所提的小柳，是不是以輕功稱絕的『飛燕子』？」

田大錯尚未回答，時震東即道：「不錯，正是他，這幾個人，以他最爲年輕，也最得人緣，諸葛先生要不要一見？」

諸葛先生撫髯道：「爲了使案情清晰，是必須一見的。」

柳雁平有一副年輕而敏捷的身段，年輕而略輕浮的臉上，充滿倔強的勇悍，他身著青衣，站在諸葛先生身前數尺之遙，諸葛先生瞇著眼，細細的打量了一番，笑道：「你就是『飛燕子』，呵呵呵，好，很好。」

柳雁平向諸葛先生及鐵手畢恭畢敬地道：「拜見諸葛先生，鐵兄。」隨後坐了下來，時震東一頷首，周冷龍便知不應太過耗費諸葛先生的時間，當下道：「柳統領，你把大牢遇劫的事情，原本始末說一說。」

柳雁平道：「是。案發時我本來在一號大牢裡，可是因肚子不舒服，走去如廁，出來時，只見七、八個兄弟都被點倒了，我看看牢裡犯人沒有跑，想必是二牢、三牢裡出了亂子，所以衝進去以作照應，就看見田二哥倒在地上，我解開他的穴道，他大吼一聲便衝出去了，我怕三牢有事，趕過去一看，看見勝大哥已倒在血泊中，我也跟著趕出去追殺敵人了；那時，我還不曉得原來下毒手的是沈三哥，而且逃掉的竟是欽犯楚相玉！」

諸葛先生道：「你進入第三牢的時候，勝統領已經死了？」

柳雁平沉吟了一陣子，道：「他倒在血泊中，一地都是血，我想他是很難活命的了。」

鐵手忽然插嘴道：「他是如何致死的呢？」

柳雁平道：「當時我匆匆追敵，沒有細看。」

周冷龍接道：「勝一彪是先被封了穴道，再被人一刀剁在胸裡的。」

鐵手沉吟道：「看來沈雲山對勝統領真有深仇大恨，既制服了他，還要他的命才甘心。」

時震東向諸葛先生道：「據說那八個由沈雲山那逆徒所帶來的人是『天殘八廢』，那八個人，無惡不作，出手歹毒，相當難惹，何況還有『嶺南雙惡』！實不敢相瞞，在下等來此，是懇求先生，指示一條明路。」

諸葛先生俯首沉吟良久，終於說道：「指示則不敢當。既然是『天殘八廢』也參與劫獄，只怕與赤練峰的那夥賊黨，不無關係。」

時震東擊掌而道：「先生猜得甚是。據各路探子相報，都發現他們一行十二人，奔向西南，正是赤練峰之所在。」

諸葛先生道：「那可糟了，他們護著楚相玉至赤練峰，必聯合赤練峰那群匪黨，再去徐州、西京、揚州等地，結合這幾個地方躍躍欲動的土匪又謀動亂了。」

時震東、周冷龍相覷一眼，心中都大爲駭然；若楚相玉此次脫險，真的是招兵買馬，密謀動亂，那麼自己幾人，讓楚相玉脫獄而出的罪名，不單自己腦袋要搬家，就連一家大小也免不了罪，當下心中暗慌，時震東向諸葛先生長揖道：「請教先生，指示我們一條活路。」

諸葛先生道：「你們派去的人，有沒有與他們交過手？」

時震東赧然道：「楚相玉等武功高強，行動又快，去追的人，不是追不上，便是分批給他們殺了個乾淨。」

諸葛先生起立，銀眉深鎖，背負雙手，來回在廳中踱步了幾回，道：「時將軍、周副將軍，現在事情逼急，萬一楚相玉離了滄州，與其他各州賊黨聯絡上，那麼，連二位將軍的全軍隊出動，也絕打他不下來；唯一的辦法，是在他仍在滄州，未及召集眾人之前——甚至最好他還沒有與赤練峰『連雲寨』聯絡上之前，先捕住他，才能望平息這次大亂；你們二位，可以撥出一支你們精選的軍士前往，而且事不宜遲，應立刻就去。……不過，這些畫，我已看過了，請收回。」時、周二人還待勸收，見諸葛先生神色冷然，只好把話打住。

只好忙道：「謝謝先生指點。」時震東又尷尬地笑道：「先生，我和周兄弟一世都在沙場上衝鋒陷陣，當然也不曾怕過什麼人來，可是這楚相玉，加上『嶺南雙惡』與『天殘八廢』，確實不好對付，而我軍中，精銳的四位統領，已去其二，只剩下田、柳二位統領，而軍中可用之人，也不上四十個，還望先生拔刀相助。」

諸葛先生嘆道：「我也想助你一臂，以捉拿這叛賊，只是，楚相玉這一逃，我趕往皇城護駕，更屬要事；萬一你們捕不著楚相玉，我已在聖上身邊，比較安全。我知道，你們抓拿楚相玉，確非易事，……鐵手，你隨二位將軍去一趟，或許有些幫助……」

時震東、周冷龍二將軍開始聽得諸葛先生無法助他們追擒「絕滅王」，心中不禁大爲沮喪；但後來一聽，諸葛先生乃往皇城保護聖上，二人一想，覺得大有道理，楚相玉此番逃出，極可能會再行刺皇上，皇上的龍體，萬一有什麼差池，只怕他們二人六親九族，也脫不了罪，還是不如諸葛先生在皇帝身邊，自己豁了性命也要去把楚相玉追回來，後來又聽說諸葛先生將遣鐵手隨自己去，這鐵手名列「武林四大名捕」，武功在無情之上，掌功在追命之上，內功又在冷血之上，有他相助，如虎添翼，時震東將軍當下大喜道：「聖上面前，尙望先生代爲在下等擔待，在下等誓必誅擒逃犯，不讓楚相玉稍有騷擾聖上龍安。」

周冷龍亦同時向鐵手拱手道：「多多有勞鐵兄了。」

鐵手雖然年紀方輕，貌不奇特，但自有令人感到一種謙和、開朗、從容的氣度，與他的名字，以及江湖上黑道人談虎色變的名頭，大不相同，只聽他緩緩地道：「追拿兇徒，乃在下之職，怎能說有勞？」又轉向諸葛先生道：「先生放心就是，我不會讓楚相玉這惡徒得逞。」

諸葛先生撫髯嘆道：「我對你很放心，不過楚相玉實在是武藝高強，足智多謀，只怕你還不是他的對手，你要小心行事……」

鐵手對諸葛先生似甚尊敬，道：「是。」

諸葛先生皺眉又道：「其實這『絕滅王』除了心狠手辣，也是罕見的武林奇才，江湖異人，這可從他被捕入牢後，三番四次有人不顧性命，意圖救他出獄可以看出……對了，此時『北城』城主周白宇及其夫人『仙子女俠』白欣如，以及『南寨』老寨主伍剛中也在附近，我修書一封，急請他們來助二位將軍一臂之力，二位意下如何？」

時震東、周冷龍大喜忙道：「那自是最好不過了。」

原來武林中本有三大實力，那便是「風雲鏢局」、「長笑幫」及「試劍山莊」，後來「長笑幫」幫主曾白水與「試劍山莊」莊主司徒十二率眾互拚而歿。江湖上第一大局：「風雲鏢局」就成了眾目所矢，最強的力量，「風雲鏢局」局主「九大關刀」龍放嘯，也是諸葛先生的好友。這「風雲鏢局」自是高手如雲，但最鼎力的，便是「武林四大世家」之助力。這「武林四大世家」，是「東堡南寨西鎮北城」，都是四個身懷絕技的武學宗師開宗立派的。其中「南寨」寨主伍剛中，年事已高，把「南寨」事務，多交其義子殷乘風之手，他自己卻雄心大發，一柄單刀，遨遊天下，這些日子來，正在諸葛先生住處勾留；而「北城」城主，年少有為，始二十方出，與其年輕貌美的未婚妻「仙子女俠」白欣如，已在江湖上赫赫有名。而這數日間也恰好在滄州，正好趕上這一場劫殺。

因為「南寨」老寨主伍剛中、「北城」新任城主周白宇、「仙子女俠」白欣如，武功都極高，又很仰慕諸葛先生，只要諸葛先生有話下來，他們必義不容辭；時震東、周冷龍眼見來了這麼幾個武功高強的助手，心中怎不竊喜，對諸葛先生就更是感激了。

諸葛先生道：「既是這樣，就事不宜遲了，二位將軍應該備馬整軍，我會派人送信給伍寨主、周城主，料想他們一接到信息後，當會趕至將軍府，鐵手，你現在可以跟時、周二位將軍去了。」

時震東、周冷龍唯唯諾諾，鐵手卻道：「二位將軍先去配備人手，在下想趁這一點時候，到『鐵血大牢』一行，再查明一下案發經過。」

時震東見那青年人十分練達沉著，不像一般少年心高氣躁，正是大好幫手，喜道：「好，一切偏勞鐵兄了。」

周冷龍見鐵手如此年輕，不見得有何驚人處，竟名列「武林四大名捕」之內，心下以為鐵手乃仗諸葛先生之名，而今見如此緊急關頭，還要查明案情經過，心中大不以爲然，道：「反正『嶺南雙惡』與楚相玉是逃獄了，鐵兄弟再去查查也是好的。」言下之意是說：你查不查都是一樣，於事無補。

諸葛先生是什麼人，那裡會聽不出，於是笑道：「我這個弟子，對人對事的看法別有一套，諸位要是信得過我，我倒是十分聽取他的意見。」眾人聽諸葛先生對鐵手如此推薦，不禁都大爲動容。

鐵手站在雲停淵峙的「鐵血大牢」之前，風雪依然下著，兩排足印，在鐵手的身後，這大牢四處，一望無盡的都是白雪，偶爾有一棵枯樹，鐵手怔怔的望著這大牢，心中感觸良多。這一座大牢，他也不知來過多少次，有許多的罪犯，都是他親手押入牢中的。可是一入此門，能再出來的，已是雙鬢全白，或行將就木，甚至永不復出了；而犯罪的人往往一念之差，便永不超生，鐵手想到被擒在自己手下的武林高手，心中不禁暗暗嘆息。

「鐵血大牢」剛剛才發生了件大案，現在駐守的人是特別多，但獄卒們人人都認得鐵手，知道他是捕快之首，差役之王，當然不敢騷擾。鐵手走近「鐵血大牢」，東看看，西看看，那幾個守在「鐵血大牢」的獄卒也覺納悶，跟著東看看，西看看，鐵手忽然向一名獄卒問道：「那天沈雲山劫走犯人時，你在不在場？老劉。」

那老劉是個小差役，鐵手幾次捕得要犯後通知衙門，這個老劉去押解過幾次，當然識得鐵手厲害，不敢不答，道：「鐵二爺，您好……那天事發時，我老劉也正在這兒把守，一切都清楚得很哪。」

鐵手對他一笑，道：「那你快快給我說一說。」

老劉口沫橫飛，把那天如何見到沈雲山帶了八個人不人、鬼不鬼的傢伙進了牢裡，然後又帶走了「嶺南雙惡」和楚相玉，又說到柳統領的輕功何等之快，田統領追出時又何等威勢，繪影繪聲，說的十分得意：「……柳統領的武功好俊，就這樣『颼』地一聲，便從我們耳邊飛過，再看時，哇，到了那邊去了……可是田統領更俊啦。哪哪哪，就這樣跨出了一步，便雪都碎了哩。」原來他覺得那兩位統領的武功已神乎其技了，只怕鐵手不相信，於是還比手劃腳，做了出來，又補充道：「我們那時都想，要不是田統領大概先去看老婆……才不會比柳統領慢呢。」敢情那老劉也是山東老鄉，對田大錯，顯然比柳雁平還有好感。

鐵手忽然目光一振，道：「田統領先去看老婆了麼？你們怎麼知道？」心中大疑，因田大錯並未道及此點。

老劉笑道：「鐵大人有所不知啦，田統領的老婆就是我妹妹……嘻嘻……以前田統領對我倒沒有什麼的，後來我妹妹到這裡來做獄務之後，他看上啦，還說要娶我妹妹，雖然說娶，娶了兩年還沒娶過來，不過他對我這個大舅子，倒是著實不同了……」說著甚是得意，鐵手看在眼裡，明白是田大錯常給他好處，這時，只聽老劉大叫道：「妹子，妹子，妳快過來，見過鐵大人。」

只見牢裡一個捧著飯桶木勺的婦人走了過來，鐵手一看，不覺啞然失笑。開始他不免狐疑：這田統領的「老婆」是不是在內應合的人，以阻了田大錯追敵，而今得知這婦人是老劉的妹妹，而且皮粗膚糙，嗓門又大，一雙眼睛居然還蠻有風情的，只怕田大錯喜歡的就只是這點，不過眼睛足有銅鈴般大，腰粗得像水桶，絕不是個會家子，連機敏也談不上。這婦人走了過來，張著嗓子道：「鐵大人您早，哎呀，不得了啦，昨天那逃出去的幾個人，害得大錯又要跟將軍打仗去啦！」這婦人居然叫田大錯叫得十分親暱，鐵手不覺好笑。忽然想起一事，向老劉問道：「你說你聽到勝統領的一聲慘叫後，沈統領就緊接著帶逃犯出來了？」

老劉道：「是啊。」

鐵手道：「時間先後你會不會記錯？你再想一下。」

老劉想了一想道：「沒有記錯呀！你可以問問他們。」

旁邊的幾個獄卒都說是，老劉唉聲嘆道：「其實沈統領與勝統領的交情還算蠻不錯的，勝統領脾氣大些，打打鬧鬧在所難免，以前勝統領也不是跟柳統領打得死去活來嗎？沈統領也跟田統領打過，從牢裡一直打到這兒的雪地上，但都在要緊的關頭收了手，怎會像這次……沈統領也做得太絕了。」

鐵手「哦」了一聲，道：「他們常常打鬥麼？」

老劉嘆道：「這幾位統領，脾氣都不太好，有時我們也捱上了拳頭，躺了一頭半個月，多半都是勝統領打的，現在總算……」他本來想說「現在總算勝統領死了」，但是一想便知不該說，鐵手那有看不出的道理，可是跟老劉這番談話，他心中有了幾個疑團，一時解不開，總覺得田大錯和柳雁平，都有些話不盡不實，當下也不再說什麼，要老劉打開了「鐵血大牢」，他逕自踱進去細加察看。

二 分金拜佛

從滄州府往赤練峰，約莫四、五百里的路程，自不是三幾天的工夫能走得完的。所以不但要帶銀兩、糧食、水袋、馬匹，甚至連營帳、照明、雨具等，都要齊備。

現在滄州時將軍府面前，有四十個威武英揚的漢子，齊集於時震東、周冷龍二位將軍的面前。這四十個人壯碩有神，不是曾與時、周二將在沙場中出生入死的部將，便是時、周二將軍親手調教的高手，可以說是時震東、周冷龍二人麾下的精銳軍士，而且也可算是全滄州最勇悍的一隊兵官。這些人至少都有一、二種特長，有一、二種特別的武技，時震東、周冷龍爲求捕捉楚相玉，自然不便軍士打扮，以免打草驚蛇，於是命令一律民裝，這四十人裡，扮成書生、樵夫、擔夫、乞丐、漁夫等都有。

鐵手看了這四十人，心中都大爲讚嘆，時震東是滄州鼎鼎大名的鎮府將軍，果然調教有方，座下無虛士。而周冷龍雖是副將，但泱泱大度，也不會比時將軍差去多少。

時、周二人把軍隊分成三組，二十個保鏢裝扮的人，為主隊；時震東、周冷龍雖扮成商賈模樣，伍剛中扮成鏢頭模樣，而周白宇與白欣如，卻扮成公子小姐，金枝玉葉一般。副隊的裝扮是：三個叫化子、兩個江湖賣藥者、一個算命先生、四個抬轎的，一共十人，轎子裡面坐的是田大錯，他是這一小隊的指揮，按約定這一批走在主隊的後面不出七里，若即若離，以俾首尾相應。

另一小隊是：兩個文士、兩個樵夫、一個擔夫、一個漁夫、兩個道士、一個郎中、一個老僕，老僕扛著一個病人，這個病人便是這一隊的指揮，正是柳雁平。行在主隊之前，不出七里，功用正如行軍時的探哨一般。

這時「南寨」老寨主伍剛中，「北城」少城主周白宇以及「仙子女俠」白欣如等，已和鐵手見過面。鐵手見這人稱「三絕一聲雷」伍剛中，年逾七十，可老當益壯，赤臉透紅，銀鬚白髮，好不威武，一看便知是內外兼修的武林高手。伍剛中這趟出門，只帶了「南寨」中兩名子弟，這兩個人在武林中也算是小有名頭，一個叫

「黑煞神」薛丈二，一個叫「地趟刀」原混天。一個牛高馬大，使丈二喪門棍，神力驚人；一個是生得獐頭鼠目，但短小精悍，一雙柳葉刀，專攻人下盤。

至於「北城」城主周白宇，卻年紀甚輕，但氣定神閒，目光銳利而不凌人，面貌俊朗而不恃才自傲，顯然已在江湖上久歷風浪，但並不因而失去壯志凌霄的少年英俠。「仙子女俠」白欣如穿著一身白衣勁裝，與黑烏烏的頭髮，及烏亮亮的眼珠，正好成了對比。白欣如姣好清秀，膚色欺霜勝雪，身材婀娜多姿，眉宇間隱隱英氣，更怪不得江湖人都說，周白宇與白欣如是武林中的一對璧人。

而伍剛中、周白宇、白欣如等人，初會鐵手，更覺吃驚。只覺這年輕人，淵亭嶽峙，竟隱然有武林宗主氣度，舉止悠閒淡雅，人人以爲外號人稱「鐵手」者，必繃臉怒目，沒料到是一個謙恭有禮，隨和風雅的年輕人。

大家見過後，寒暄幾句，因追敵要緊，於是三批人各自出發，鐵手等見隊伍出發，有條不紊，心中對時震東、周冷龍二將軍都大爲嘆服。

眾人一路馬不停蹄，追了四天，已有三、四百里路，探子來報，一天前楚相玉等還在這兒附近露過行蹤，眾人知道已靠近「赤練峰」，而且快要追及楚相玉，所以更加不敢怠慢，小心翼翼，全速推進。這日迫到虎尾溪附近，離赤練峰「連雲寨」，僅有七十里開外，「飛燕子」柳雁平與那十名軍士，先行抵達。這十二人因長途跋涉，十分疲勞，加上時震東將軍有命，一旦將近「連雲寨」五十里內，即候三隊聚合，以免被敵人所乘，逐個擊破，所以柳雁平覺得也無須那麼急切趕路。虎尾溪是一個僅有二、三百人口的小村落，也沒有什麼可喫的東西，柳雁平便吩咐大家多加小心，只因風雪漫天，冷冽侵人，於是命大家進入一所小酒家，歇息一下。

這地方雖然也有騾車馬車，可是一般來說，都是富貴人家才有福乘坐的，其他的販夫走卒，從一座城去另一座城，無不是靠一雙腿來走路的；但是人逢亂世，行到半途，遇著盜賊，被劫被搶是常有的事，有時甚至連性命也丟了，所以幾個甚至幾十個不同行業的人，結伴而行，也是常有的事。

現在柳雁平看來就像一個病人，由一個老僕扶著，一個郎中，侍在身邊，還有一個擔夫，兩個文士，兩個樵夫，兩個漁夫，兩個道士，偶爾稍有交談外，看來就活脫脫的結伴而行才相識的陌路人，有誰知道他們是滄州軍中一等一的頭條好漢？

柳雁平暗中吩咐大家叫了點酒，以求暖暖身子，切勿酗飲過度，時震東麾下的軍士是何等人物，每在野店荒棧，食用酒菜時，無不以銀針沾過，確知酒菜無毒後，方才食用的。這下店裡的掌櫃與夥計，見一下子來了十二個客人，都忙得不可開交，那五十出頭的掌櫃看出來柳雁平是個富貴子弟，更是悉心照料。

只見那臉色焦黃的掌櫃，叫那三個年輕力壯的夥計拿出幾罈水酒，往各人的桌上一放，柳雁平使了個眼色，各人手心抓了把銀針，沾了一沾，知道沒有毒，都大為放心。

這些軍中的人，都是嗜酒如命的，現在將領也贊同他們喝酒暖身，自是大喜，一個樵夫裝扮的軍士，隨手拿過了酒罈，長吸了一口，只覺得香極了，又叫另一個漁夫聞聞酒香。

柳雁平是身經百戰的將領，忽然覺得心血來潮，似有事將要發生一般，又彷彿有點蹺蹊，而他又找不出蹊蹺在那裡。「飛燕」柳雁平是個精細狠角色，當下不動聲色，依然端坐，但卻耳聽八方，小心防備。

那掌櫃的又滿臉笑容，捧了一罈子酒過來，眾人也嗅了一些酒味，體內酒蟲大動，試過酒菜都沒有毒，已大為放心，一個擔夫裝扮的軍士，接過酒罈一看，見封泥尚未卸除，那掌櫃笑道：「大爺請喝用，這是本號珍藏之竹葉青，喝過包令大爺滿意。」那擔夫打扮的軍士大喜。

柳雁平忽然心下一動，看出端倪，正想阻止，那擔夫已隨手拍開封泥，那掌櫃已退了開去，只聽酒罈裡發出一聲「噗噗噗噗」彈簧之聲，那擔夫慘叫一聲，掄起擔挑，便已倒下，劍上、身上，中了至少二十根短箭。

原來這酒罈子是箭箱，拍開封泥等於發動彈簧，可惜這名擔夫打扮的軍士那裡躲得開去？在這擔夫同座的兩名道士，因離得遠，也見機得快，一陣拍打，打落了七、八支箭，一名道士出手稍慢，肩上也挨了一支短箭！

眾人一時大亂，紛紛拔出刀劍，因爲這些人爲免露身分，所以刀劍都貼身而藏，一旦要拿，也得解開衣衫才行，而在這時，那三個夥計，早已控刀在手，一刀便砍了下去！

一名漁夫打扮的軍士，立時腦袋分開。另一名文士，百忙中用手一格，「噗」的一聲一隻左手被砍了下來。另一個郎中，十分機警，閃開了一刀，已拔劍在手，與那名夥計乒乒乓乓地打了起來。

一名樵夫打扮的軍士，已掄起斧頭，正待反擊，忽然覺得頭暈眼花，站立不穩。另一漁夫也拔出了刀，卻咕嚕一聲倒下地去。那掌櫃忽然自袖中抽出兩柄短刀，一人一刀了結了二人性命。

剎那間，柳雁平這組人驟不及防，已死了四人，傷了一人，那被掌櫃所殺的樵夫和漁夫，顯然是適才深深吸了那酒香才中毒的；原來酒裡無毒，酒香卻有迷藥，這干伏擊者絕非尋常之輩！

那掌櫃雙刃翻飛，又向斷臂的文士猛攻，想連他也一併殺了，柳雁平人如輕燕，已攔在那掌櫃的面前，「嗆」一聲，已自腰間拔出了緬刀，一連向那掌櫃攻出了一十八刀！

那掌櫃吃了一驚，一連退了十八步，才封架得了這十八刀，那掌櫃才知道遇到了正點子，那敢分神，雙刃一展，竟然反攻了三十六刃！

柳雁平見刃拆刃，見招拆招，拆完了三十六招，心中了然，喝道：「你是『連雲寨』的什麼人？」刀勢一變，一刀削去，刀風破空，「察」地一聲，竟還有「嗡嗡」的餘音，敢情這一刀削出後，力道竟能使這柄刀不住輕顫！

那掌櫃一看，知道這種刀法又快又凌厲，絕不易閃，但見他雙刃一架，竟封住了柳雁平的一刀，一面獰笑道：「好眼力，『連雲寨』八寨主就是我！」

這時單刀雙刃已接實，「錚」地一聲，那掌櫃被這一刀震得險些雙刃脫手，柳雁平也覺虎口發麻，「啊」了一聲，道：「你是『雙刃搜魂』馬掌櫃？」

那掌櫃的冷笑一聲：「不錯！」提起雙刃又猛攻了過去。原來「連雲寨」是滄州一帶極其厲害的土匪，有四、五百之眾，一共有九個寨主，排第八的便是這「雙刃搜魂」；他姓馬，原本是幹掌櫃的，從不做賠本生意，所以江湖上的人，都稱他為「馬掌櫃」，便連真實名字，也給忘了。「連雲寨」寨主的武功，自是一人比一人高，這馬掌櫃的武功，已是十分不俗了。

這邊的那五個沒有受傷的軍士，十分勇猛，已纏著那三名「夥計」打了起來，這三個「夥計」想必是「連雲寨」的頭目之類，武功也不弱，打了半盞茶工夫，那斷臂的文士已加入戰團，在一名頭目的背後捅進一刀，那頭目當堂身死。另一名頭目勃然大怒，一刀向那文士左胸刺去，那文士因左手已斷，閃動不便，捱實一刀，但右手的刀也送入那頭目的小腹，兩人兩敗俱亡。還剩下一名頭目，心慌意亂，一名軍士用腳一絆，那頭目往地一撲，另四名軍士便已刺殺了他。

「雙刃搜魂」馬掌櫃與「飛燕」柳雁平戰了七、八十招，只覺對方身法輕忽飄靈，自己的雙刃，使得再兇也沾不到他的衣角，心中大驚，柳雁平這時，猛聽見外面有急奔之聲，知道這馬掌櫃的幫手來了，於是，大呼道：「堅守此店，各自拒敵，快！」

那五名軍士，本是以一當十的英雄豪傑，臨危而不亂，綁了那名頭目，各個在窗邊，門邊埋伏，果然「砰蓬」一聲，大門外衝入了三個山賊，那守在大門旁的軍士武功非常了得，突施辣手，把三人都殺了。接著又有四個山賊衝了進來，那兩名軍士又把這四個了結。

這干山賊見正門衝不入，又想自窗戶那邊衝進來，這店裡一共有三個窗戶，那些山賊剛踏進來，那蹲在窗下的軍士便一齊動手，一個不剩，又死了五人。這時山賊一時不敢衝進來，只在外面吶喊，少說也有三十多個。

馬掌櫃見自己的人屢攻不下，心中大慌，心忖：自己豈不成困獸鬥！柳雁平驟然遇襲，但他十分沉著，鎮定應付；看來那幾個軍士也絕非易惹之輩。馬掌櫃心慌意亂，一失手把右手短刃插入木樑，連忙想拔，柳雁平左手以「鷹爪」扣住馬掌櫃的左手，右手攔腰一砍，「雙刃搜魂」鮮血飛噴，慘呼道：「你……你休得意……我九弟……來了時……你們一個都逃不了……」終於倒地身亡。

柳雁平吃了一驚，外面三、四十人，如果一齊衝進來，那五個軍士是難以倖免的，現在那幾十人無法衝進來，是因爲不懂兵法，而頭目都被殺了，他們不知如何是好，一旦「連雲寨」九寨主「霸王棍」游天龍到了，指揮行陣，一方面由他纏鬥自己，那五名軍士則必死無疑，那五名軍士一死，對方群攻自己，只怕也凶多吉少，柳雁平知此時是千鈞一髮，不突圍尙待何時？

柳雁平正欲發令衝出，猛聽外面又是一陣喧嘩，柳雁平在門縫一看，不禁暗暗叫苦，原來又來了十多個山賊，爲首的人手執丈二熟銅棍，生得一副張飛模樣，不是游天龍是誰？

柳雁平心中大是焦急，個人生死，尙爲事小，自己本負責探路的，萬一盡殆於此，而敵方又拿自己等人屍體作幌子，暗算時震東將軍等，豈不全軍覆沒？柳雁平心中暗驚，叫道：「咱們衝出去，逃得一個是一個，報告主隊知道！」

那五名軍士一聲吶喊，打開門就衝了出去，那游天龍剛到這裡還不知發生了什麼事，一見有人衝出，些微亂了些陣腳，但那些嘍囉見有寨主在此，個個勇奮討功，纏住那五名軍士。柳雁平舞刀如風，殺了四、五個嘍囉，仍未遇上「霸王棍」游天龍。游天龍也一棍打死了一名軍士，返過身來，跟柳雁平大打出手。柳雁平刀法輕靈，但游天龍棍勢沉猛，一時相持不下，又有七、八名嘍囉，隨時偷襲柳雁平，柳雁平勉力佔了上風，但要殺他們，又談何容易！

那四名軍士戰三十餘山賊，卻是岌岌可危，四名軍士縱奮力作戰，也殺不了幾人，終於一名軍士又慘遭毒手。柳雁平眼見大家都衝不出，這樣打下去，必一敗塗地，一聲號令，與三名軍士衝回店內，準備死守；柳雁平單刀斷後，砍殺了三個嘍囉，別的一時不敢上來。游天龍內力極厚，但輕功甚差，等他衝上來時，柳雁平已與那三名軍士退到野店去了。

游天龍等那肯放過，率眾力攻，柳雁平心忖，此番性命休矣，強振精神，獨守大門，游天龍也攻不入；另那三個窗戶，山賊嘍囉也不斷搶攻，但三名軍士躲在暗處，窗窄只容一人擠入，所以一旦探首入窗，定必遭殃，「連雲寨」的人一時也攻不下這店子，反而死了七、八個嘍囉。

本來纏戰了那麼久，柳雁平以爲大隊總該來到，只要他們一來，這二、三十個山賊還不早作鳥獸散？但撐了半個時辰，大隊還沒來，柳雁平猛地一驚，想起「連雲寨」高手如雲，而今只派八寨主與九寨主截殺自己這隊，想來主隊必遇上更厲害的敵手了，想到這裡，不覺汗如雨下，只求能支持得多一刻，便得支持下去。

猛聽「轟隆」一聲，店子已坍了半截，原來「霸王棍」游天龍久攻不下，心急氣躁，竟用熟銅棍掃倒了支店大柱。店子一坍，山賊湧入，柳雁平把心一橫，只有拚了，一人截住游天龍與十一、二個嘍囉，廝殺起來。那邊的三名軍士，也被十七、八個嘍囉圍住，作困獸之鬥。

◇◇◇

柳雁平這一邊打得不可開交，田大錯那一邊也不閒著。田大錯爲主隊的後衛，一共統領十名精軍，他們的裝扮是三個叫化子，兩個江湖賣藥者，一個算命先生，四個抬轎子，而田大錯就端坐在轎裡。

因爲時震東的意思本是：到了離「連雲寨」五十里之處，大家便得聚集，所以田大錯倒是快馬加鞭，想趕上大隊去。這時正經過一座林子，田大錯看到雪地上有好一些凌亂的腳印猶新，田大錯哈哈笑道：「你們看這些腳印，時將軍他們才經過不久，看來很快可以追上去了。」

田大錯這十名軍士中，有一個是算命打扮的，叫做「日上三竿」岑其藏，本來是浙江一帶的飛賊，後來給時震東將軍逮住了，姑念他尚無惡跡，又頗爲賞識岑其藏的精細聰明，所以調配他成貼身護衛，這次時震東安排岑其藏跟田大錯在一隊，也有參謀作用，因爲田大錯的魯莽是人所共知的。這岑其藏之所以被江湖人稱「日上三竿」，是有四個用意的：第一，這岑其藏的武功以輕功最好，高去低來，據說可以一躍過三根連起來的長竹竿。第二，這岑其藏用的武器，正是竹竿，他現在扮著算命先生，手裡執著「神算子」的名號，它正繫在一根長長的竹竿上。第三，這岑其藏最愛睡覺，常常不願起床，真沒辱及「日上三竿」這個含意。第四，這岑其藏的名字，諧音有點像「起床」，與「日上三竿」這名字，配起來挺有異趣，這岑其藏在江湖上小有名頭，武功也不弱，很得時震東將軍看重。

這岑其藏看了雪地的足印，皺眉道：「田大統領，時將軍所帶的人馬，不過二十，再加上鐵大人、伍寨主、周城主、白女俠等，也不過是二十餘人，怎會有這麼多足印呢?而且這些足印又分二類，第一類痕跡已淡，像被大風雪塡去的;第二類足跡猶新，似剛剛印上的，難道是大隊後面，已插了另一批人嗎？」

田大錯爲人魯莽，最不喜尋思，當下沒耐煩地道：「去去去，有幾個小毛賊，還難得倒咱們嗎？」

岑其藏道：「小毛賊倒是不怕，只怕……」

一名扮作僕人的軍士，外號人稱「九尾狐」卜魯直的笑道：「老岑，你恁地多疑，你想，憑幾個小毛賊，遇著時將軍，還不是給斃了！」

岑其藏仍愁眉不展地道：「只怕時將軍也被纏住了……」

田大錯怒道：「怕就回娘那兒好了。」快馬加鞭，領大家進了樹林子裡，一面道：「我們不去找賊，賊找上我們來，那倒好……」

岑其藏苦著臉道：「還是小心一些的好，『連雲寨』不比普通的匪幫……」

倏地「颼颼颼」，箭如飛蝗射來，田大錯首當其衝，又完全不備，眼看將被射成刺蝟，岑其藏驀地用長竿一陣拍打，拍落了十七、八支箭！田大錯大吼一聲，已運起「分金神功」，鬚髮如戟，其餘的箭射在他身上，反而支支倒拗，反彈出去，傷不了他。

這一輪暗箭，大部分都招呼向田大錯，小部分射向那十名軍士，這幾名軍士猝不及防，不過都是臨危不亂，一面閃躲相接，一面拔出兵刃，但一名裝扮成轎夫的軍士已中箭身亡。

田大錯心知再這樣撐下去，敵暗我明，敵攻我守，總會被射成刺蝟的，於是大吼一聲，雙掌翻飛，直向射箭最多的地方衝去，這田大錯外號「分金手」，武功絲毫不含糊，他雙掌發出淡金色的光芒，護著臉門，沒有一箭能射得進去，而射在他身子上的箭都被反彈出來，一點也傷害不了他。

田大錯一衝入叢林去，林裡的人立刻棄弓拔刀，但聞慘叫連連，四、五個嘍囉已被田大錯的「分金手」震死！

田大錯一逼住射箭的主力，那九名軍士也分頭一面擋箭一面衝近，找到發箭的人，殺將起來，忽然，「簌簌」聲響，在幾棵樹上，紛紛躍下數名大漢，居高臨下，舉刀就砍。一名轎夫打扮的軍士不備，立時身首異處。另一名扮作叫化子的，也捱一刀，血流如注。

田大錯人雖魯莽，但十分重義，而且身經百戰，那種陣仗沒有見過，當下運起「分金手」，硬生生擊斃了四、五名嘍囉，大喝道：「大家都到俺身邊來，一齊作戰！」因爲田大錯眼見敵人加上那被自己所殺的數十人，至少也有五、六十個人，自己只有不到十人，一旦分散，只怕甚易被逐個擊毀，所以召集大家併肩作戰。

正在這時，忽有人「哈哈」一笑，自一棵大樹上躍了下來，一身紅袍，頭髮暗綠，十分碩壯，滿臉白鬢，手裡拿著的竟是兩個犯人身上的鐵枷鎖，沉甸甸的至少也有二、三十斤重，兩個鐵枷合起來，怕沒有六十斤！只見他若手執無物，雙枷一揮，道：「看『連雲寨』的勾老爺子來收拾你們！」

田大錯心中一震，「連雲寨」九個當家，一個比一個厲害，這個六寨主外號人稱「鐵枷」，又叫「紅袍綠髮」，叫做勾青峰，武功走剛猛的路子，手上兩個鐵枷，江湖上是聞名喪膽的，任何兵器教他碰上了，不飛也要折，如果是給他鎖上了，那麼連命也丟定了。只見這勾青峰，一連兩個沉重的鐵枷便把一名扮作叫化子的軍士打得腦漿迸裂。田大錯心中大怒，要知道田大錯好勇鬥狠，遇見敵手，總喜歡去痛痛快快的打上一場，大吼一聲，震飛了兩名嘍囉，已纏上了「鐵枷」勾青峰，大喝道：「照打！」

「分金手」田大錯一掌如刀，由上至下劈落，勾青峰一聽厲風陡起，知道來人決非庸手，顧不得殺那叫化子，冷哼一聲，回首一招左手鐵枷，向田大錯的手砸了過去。

「蓬」！田大錯的手與勾青峰的鐵枷一碰，兩人都不禁大爲吃驚，田大錯只覺手腕發麻，他數十年苦修之「分金手」已到了刀槍不入的境界，而今居然劈不破這塊大鐵。勾青峰卻更是吃驚，他這一雙鐵枷，任何武器見了它都遭殃，而今對方用的是手，本以爲這一砸之下，可毀了對方的一隻手，沒料到那手居然還好端端的，自己的虎口卻被震得發麻，接得這一下，竟連雙足也被打陷於地下幾寸深，可見對手臂力之強，那一擊下來，少說也有三、四百斤的力道！勾青峰一看，只見來人又運力於臂，雙臂隱隱有淡金色的光芒，勾青峰冷哼：「『分金手』果然名不虛傳！」

田大錯冷冷地道：「你也不差！」田大錯爲人十分古板，見一招砸不飛勾青峰的鐵枷，雙掌一合，一招「童子拜佛」，又由上而下的砸了下來。

誰知道勾青峰也生得一副牛脾氣，怎麼也不敢相信田大錯的手能硬得過自己的鐵枷，「呼」地一聲掄起左右鐵枷，撞了過去。

「蓬」地一聲，田大錯的雙手被勾青峰這一格，震得龐大的身子，也要離地飛起三尺餘，而勾青峰卻硬生生被打得雙足陷下地去兩、三寸。

田大錯人才震起，雙手又是一招「童子拜佛」由上劈下，心忖：我不相信砸不爛你的鐵枷。

勾青峰也雙枷向上猛封，心忖：我才不相信震不斷你的手。

這種氣力相拚，眾人那裡見過，不管是那七名軍士，還是那五、六十名山賊，都紛紛停下了手，目不瞬睛的看自己頭領這場拚鬥，都不相信對方的人能強得過自己的頭領的神力！

「崩！」又是一聲巨響，田大錯被震飛七尺高，而勾青峰又被打入地下半尺，土已及膝。田大錯眼見三招砸不飛對方的武器，好勝心更強，大吼一聲，又是一招「童子拜佛」，勾青峰見田大錯一招比一招力道還要猛烈，雙手卻似絲毫無損，而越躍越高，下壓之力更大，勾青峰那敢怠慢，又是枷一舉，迎了過去。

「轟」這一聲更是震耳欲聾，田大錯被震起丈高，勾青峰卻陷下地去已近小腹，勾青峰大驚，本不敢再接田大錯的「分金手」，但敵上已下，除了硬接一途，簡直無法反擊敵人的其他部位。勾青峰正待裂土而出，但田大錯又是一記「童子拜佛」壓下來，勾青峰心驚膽震，鐵枷一揚，運足十二成功力推了上去，一面大叫道：「你們還不打！」那些嘍囉如夢初醒，又與那七名軍士殺將起來。

「砰！」一聲大響，田大錯再飛起丈餘高，這次勾青峰只往下陷一、二寸，可是雙枷之上，竟被打下了一雙手臂的痕印，整個拗了下去，要是這一下掃中身子，那有不肝腦塗地？勾青峰要跑又跑不掉，明知這樣砸下去，自己雙枷不爛，也得被打下地底去，唯有希望自己的人殺了那些軍士，趕來相助，自己才有望逃脫。想到這裡，田大錯又是一招「童子拜佛」砸下，勾青峰魂飛魄散，一舉雙枷，又得硬接，這「鐵枷」勾青峰，橫行江湖數十年，難逢敵手，自以爲膂力無雙，這回，真教他嚇破了膽，像栓子似的被打到地底下去了。

兩人「乒乒碰碰」再打了四、五記，勾青峰向下陷得更慘，土已及胸，手也轉動不靈了，眼看再打下去就得遭殃，可是一聲慘叫，其中一名扮作叫化子的軍士，在寡不敵眾的情形下被殺了，那六名軍士雖也殺了五、六名山賊，卻也負傷累累，情形十分危急。

田大錯雖人急性直，但對部下十分愛護，而且這次中伏，皆因自己而起，當下在半空一翻身，不再劈擊勾青峰，而撞向劇鬥中的那群山賊的頭上，雙臂左右一分，正是他成名的招式「左右分金」，由上而下擊來，是何等威勢！要知道田大錯在十二歲時已神力驚人，雙指一扯，足可把一錠金子扯斷爲二，故江湖上稱之爲「分金手」，而今再加上數十年的內功修爲，那兩名山賊那裡抵擋得了，當時刀折人亡，餘力還撞向另兩個夥伴，這一撞之力，也把那兩個了了賬！

田大錯雙腳一踢，「砰蓬」兩聲，兩名山賊又嗚呼哀哉，田大錯順勢在這兩人的頭頂一蹬，飛回勾青峰那兒去。

田大錯這一來，威勢奪人，連殺六人，剩下的四十八名嘍囉，嚇得陣腳大亂，那六名軍士，一見統領出手相助，聲勢不同，又各展神勇，以一戰八，殺了起來。

田大錯這一走，勾青峰透了口涼氣，忙運力一擠，衝出了土半尺，再用力一擺，又出了兩尺，心中大喜，猛見日頭被遮去了一半，心中一慌，只見田大錯又如一隻大鵬鳥般掠了回來，一起一落間，是何等之快，勾青峰不及衝出，只好雙枷向頂上一封！這一封是以枷沿切向田大錯那一招「童子拜佛」的手腕，只要田大錯一撤招，自己就有望破土而出，再想辦法對付田大錯了。

豈料田大錯天性純直，一來一回間，只知道一心一意要把勾青峰打入土去，因爲看他紅袍綠髮，十分不順眼，但一時想不起剛才用的是什麼招式，人已到了勾青峰的頭上，只好用「分金手」中的最犀利霸道的一招：「五雷轟頂」砸去。

勾青峰萬沒料到田大錯驟然變招，那一招「五雷轟頂」雖仍給封住了，但接個正中，「隆」地一聲，勾青峰又入土三尺，比掙出來的還多了半尺，雙臂已不易展動，鐵枷也被打得向後拗了一大片，勾青峰暗叫：此命休矣！

眼看田大錯又是一招「五雷轟頂」砸下來時，忽然樹林裡一聲冷哼：「六哥，我來了。」刷地一道金光，直刺田大錯之胸門。

這一下突襲來勢不但快，而且攻其不備，田大錯的一招「五雷轟頂」，本是胸門大開，本來對手要接這一招都來不及，怎會有時間去攻對方的胸襟？田大錯的招式本就是淩厲而不夠伶俐，無法變招，百忙間發出一聲大吼，「五雷轟頂」轉向那金光砸來。

那偷襲的人不是誰，正是「連雲寨」七寨主「金蛇槍」孟有威，這人叫「金蛇槍」乃因他善使金槍，而且槍法如蛇，急疾而狠毒，原本是「連雲寨」大寨主有命，八寨主「雙刃搜魂」馬掌櫃處理柳雁平那一夥人，六寨主「紅袍綠髮」勾青峰料理田大錯這一干人，而七寨主「金蛇槍」孟有威及九寨主「霸王棍」游天龍則分別協助六寨主與八寨主。「金蛇槍」孟有威這人十分刁鑽，認準田大錯的要穴，在他不防時，便一槍刺了過去。

孟有威這一槍直奪田大錯心胸的「心窩穴」，這一下不要說是被刺中，就算是被人使力點著，也非斃命不可，孟有威眼看就要得手時，猛地聽得一聲大喝，宛若焦雷，震得眼前一花，雙手一抖，竟刺歪了三吋。

這一槍「嗤」地刺入了田大錯的左脅，田大錯以一聲「獅子吼」，分了孟有威的心神，又以數十年苦修之「鐵布衫」，運於左脅，硬接一槍，這一槍只能刺入四分，便再也刺不入了。孟有威見自己鋒利無比的金槍竟如刺鐵塊，急欲抽出，但田大錯的一記「五雷轟頂」，已砸在槍身上，「嗆」的一聲，槍斷爲二。

孟有威大驚失色，其實要不是孟有威那金槍鋒利十分，還直刺不入田大錯體內，田大錯黃衣殷紅了一片，大吼一聲，向孟有威撲了過來，因心中憤恨此人偷襲，所以出手招招狠辣！

孟有威眼見田大錯威猛如此，心頭大慌，五招之後，便險象環生，猛見田大錯血沾衣衫，才知道他畢竟也受了傷，心頭大寬，便以蛇一般的身法挪動閃避，以閃躲田大錯凌厲的攻勢。孟有威武功雖不如田大錯，但畢竟是「連雲寨」的七寨主，自是不弱，田大錯一時也拿他不下。

再打了十幾回合，孟有威已落盡下風，猛聽一聲大吼：「老七，我來助你！」原來勾青峰已脫土而出，手執雙枷又加入戰團！勾青峰這一加入戰團與孟有威合戰田大錯，田大錯就有些力不從心了。若以一敵一，田大錯武功高出二人中任何一人甚多，但二人合擊田大錯，田大錯則略遜一籌，況勾青峰神力驚人，對田大錯大有威脅，而孟有威又靈巧陰毒，田大錯難保不敗，再加上負傷在先更加不宜久戰了。

所幸的是孟有威所慣用的「金蛇槍」已被田大錯砸斷，不能使用，只好用一雙肉掌進招，他對田大錯心有所懼，不敢搶攻，勾青峰吃過田大錯的大虧，也怕了三分，不敢力攻近身，又因虎口被震得隱隱生痛，雙枷又扁得不成樣子，揮舞起來甚不稱手，所以二人，一時也傷不了田大錯，只使田大錯落了下風。

那邊的六名軍士，以一敵八，也十分危險，落盡下風，田大錯的這一組不像柳雁平的那一隊，柳雁平先殺八寨主「雙刃搜魂」馬掌櫃，但中伏在先，士卒死傷甚眾，軍士只剩三人，對方兵卒甚眾，無法力敵，險象環生；這邊的田大錯，因有岑其藏這等軍士在，使大家略有警惕，故傷亡沒那麼重，尚有六名軍士，苦苦抵禦。但田大錯卻未及殺死六寨主「鐵枷」勾青峰，故致勾青峰與孟有威聯手，致使田大錯落盡下風，命在旦夕，兩邊的情形，都是在作困獸鬥，好不了多少。

他們既無法突圍，唯一的希望是主隊過來相救了，可是副隊也被人纏住了，主隊又怎會閒著呢！

三　苦鬥狼人

這一行男女，冒充鏢客，穿過樹林，又來到了一片雪原上，時震東和周冷龍扮作商賈模樣，但耳聽八方，眼看四方，十分警醒，這時周冷龍對時震東道：「將軍，再過七、八里便是『虎尾溪』了，這兒已經十分接近『連雲寨』的勢力範圍，要是還追不到楚相玉他們，得要三隊聯合，直搗『連雲寨』了。」

時震東點點頭道：「好，大夥兒就在前面『虎尾溪』聚合。」忽聞腥風撲鼻，四處一看，雪地上白皚皚一片，那有什麼事物？但時震東是什麼人，何等機警，心中一驚，正待相詢，那扮作鏢頭的「南寨」老寨主伍剛中銀眉一蹙，道：「什麼味道？」

眾人一時議論紛紛，這時耳力好的人都聽見一些細碎繁沓的蹄聲，自四面八方湧近，而且腥味更濃了。周白宇一直沒有作聲，忽然白衣一閃，在雪地上一起一落，一落再落，再落又起，瞬眼間三個縱身，已到了數十丈外的一棵枯樹之上，一手攀樹，一手平置眉上，遠眺了一下，臉色一變。

眾人更不知發生何事，更暗暗驚羨這人年紀輕輕，輕功卻如此的好！猛見他自樹上一躍而下，足尖一點再點，已撲回隊中，沉聲向時震東道：「時將軍，請列隊成環，亮出兵器，萬勿慌亂！」

時震東是沙場高手，又是愛才之士，一見周白宇淵停嶽峙之氣派，便知事非小可，周白宇斷非無理發令之人，當下也不追問，大聲道：「列隊成環，拔出兵器，慌張囂亂者，殺無赦！」

時震東的話一發出去，那二十名軍士，拔刀，肩並肩，圍成圓圈，把時震東、周冷龍、伍剛中、周白宇、白欣如及鐵手圍在中央，反身向外凝神以待，絕不畏懼。時震東麾下的精兵，果然名不虛傳。

時震東令才發完，在四周的雪地上，忽然出現了點點青綠色的星火，腥風更濃，片刻間，那些星火都是亮綠的眼睛，眾人可以聽見他們爪子刮過冰雪大地的聲音，伍剛中的一名助手「地趟刀」原混天驚道：「狼！」，另一名助手「黑煞神」

薛丈二叫道：「狼群！」

這些人都是武林中的好手，可以說是膽大包天，不要說是見過狼，甚至殺過狼的，也大有人在，可是這當兒衝過來的狼，怕有六、七百隻，每隻碧眼長牙，盯著這二十餘人，似看見牠們有生以來最豐富的食物似的。那殺也殺不完的狼，眾人雖越看越心寒，手心發冷，畢竟無人騷動，也無人奔逃。

時震東、周冷龍二人在沙場中曾與千軍萬馬作戰，什麼仗陣沒有見過，可是這狼群攻擊的事，卻從未遇過。他們幾人雖武功絕頂，但狼多勢洶，只怕極難衝得出去，那二十名軍士，更加不用說了，而且那面死的是野獸狼，這面死的是自己人，敵人的影蹤，還壓根兒沒有見到。

眾人都隱隱覺得在黑暗裡，有一陣一陣動人心魄的木魚聲傳來，那幾百頭狼，慢慢地向前逼來，齜牙露齒，恨不得馬上過來把他們撕成碎片，眾人看著也不覺心悸。

鐵手忽趨近時震東、周冷龍二人，道：「將軍，恕在下斗膽暫代發令如何？」

時震東這人豁達開明，森然道：「好，由你發令！」

鐵手朗聲道：「弓箭手！」

此行的二十名軍士中，屆時兩兵相交，短距離用刀，長距離用箭，故特地派了十個箭術較好的高手同行，可是這十人有兩個人派給柳雁平帶去先鋒隊，另二人被田大錯帶去殿後隊，這一隊裡用箭的，只剩下六人，當下這六人馬上站出聽令，鐵手道：「把所有的箭都拿出來，彎弓搭箭！」

那六人已搬出所有的箭，鐵手道：「往西邊發射，時將軍、周將軍，你們兩位，鎮守東邊，伍寨主、原兄弟、薛兄弟，你們三位守南面，周城主、白女俠，你倆守住北面。」

眾人一聽，立時明白過來，因為狼多如此，縱武功再好，也難免有閃失，而狼不似人，不懂陣仗，只要傷牠數十頭，自然銳氣大減，鐵手要放箭射倒西面的狼，以作後退之路，而在射箭之時又怕另三面的野狼趁勢來襲，所以要時震東、周冷龍、周白宇、白欣如、伍剛中、原混天、薛丈二等出手防範把陣。

這時隱隱傳來這木魚聲更急了，狼群都張牙舞爪，躍躍欲動，鐵手沉聲道：「發射！」

那六名箭手一齊放箭，一時狼嗚慘嘶。別說這些箭手是神射手，縱胡亂發射，狼隻密佈，不懂閃躲，也非中不可，一時倒下十多頭狼，有些狼中箭未死，瘋狂而噬，與其他的狼隻打起來，血染雪地。

西面的狼，一時大亂，木魚不止，那些狼竟無退意，有四、五隻竟僥倖穿過箭雨，噬撲向那六名箭手，鐵手喝道：「勿慌！」左手一揚，那拔刀嚴陣以待的十四名軍士，紛紛出手，把那些衝過來的狼都宰了。

那六名箭手見有人護衛，更是放心射箭，一時中箭的已超過三十頭狼，狼群稍有混亂互噬的情形，甚至有了退意，忽然木魚聲更急，那些狼又不顧死活地向前撲來，前仆後繼，極其兇狠，在箭雨下衝過來的數目增多了兩、三倍，幸虧那十四名軍士訓練有素，臨危而不亂，來一頭便殺一頭，雖然手忙腳亂，但一時尚無傷亡。

那邊的東面狼群，已有三、四頭特別碩壯的，衝過來試探，時震東、周冷龍冷冷地盯著，都沒有動，那三頭狼看著沒有動靜，以爲人嚇呆了，跑過去又走開。要知道雪狼都是十分狡猾的，走近去又忽然跑開是想試試人有沒裝死，看見時震東、周冷龍二人仍未動，以爲真的是嚇呆了，這次真的跑上去，張口就咬。

時震東，周冷龍二人是沙場猛將，要以靜制動時怎會沉不著氣呢？這時時震東一頷首，「三手神猿」周冷龍忽然一抬手，「嗆」地一聲，腰間鋼刀已出手。

刀光一閃，刀收回鞘，三頭雪狼的頭都「呼」地飛到半空中，而三隻身子仍在急退。

群狼長鳴驚嘯，木魚聲又急了起來，四頭惡狼，三頭飛撲向周冷龍，一頭咬向時震東的咽喉。

周冷龍欲動，時震東一擺手，周冷龍仍停在原地，眼看狼要咬著，時震東忽然一伸手，打出一拳。

「碰」，這一拳打在咬向自己的那頭雪狼腹上，那雪狼五臟俱裂，連叫也沒有一聲便飛了出去，撞在那三頭飛撲向周冷龍身上的其中一頭上，「砰」地撞一個正中。

這一撞之下，這頭狼已倒撞出去，撞另一頭狼身上，餘力未消，「拍」又撞身在第三頭狼上，剎那間，撲向周冷龍身上三頭狼，都被撞飛出去。第一頭咬向時震東的狼，以及第二頭、第三頭噬向周冷龍的狼。竟給這一撞之下，叫也沒叫一聲的斃命，第四頭撲向周冷龍的雪狼，跌在地上，才伸了伸爪子，嗚叫了幾聲，也一樣死去。時震東這一拳力道之大，運功之巧，彈力之妙，實在到了不可思議的境界。

周冷龍、時震東一出手殺了七頭狼，其他的狼，縱木魚敲得極急，一時仍不敢衝近。其實，時震東、周冷龍二人是沉得著氣，否則狼群均是群起而同時攻擊，時震東、周冷龍武功再好，只怕也絕難應付。

而這邊南面的狼，也紛紛欲前撲噬人，但伍剛中的兩名寨中頭領，雖然是天不怕、地不怕的武者，但面對這麼多的狼，不禁倒抽一口涼氣。「黑煞神」薛丈二道：「我長得最高，肉也最多，它們一定先來吃我的了。」臉色又青又白，煞是難看；那「地趟刀」原混天也道：「我人長得矮，它們一定先咬著我的喉頭！」雙腿不覺微微發抖。

伍剛中不愧爲「武林四大世家」之「南寨」老寨主，外號人稱「三絕一聲雷」，右手一柄長劍，橫劍於胸，大笑道：「好哇，我是『南寨』老寨主，狼啊狼，你們若從這南面攻我，便知道『南寨』的厲害！」說著縱聲大笑，眉揚鬚動，好不威武，薛丈二、原混天二人互望一眼，心中有愧，立時鼓起勇氣，分別立在伍剛中左右。

南面狼群，有十數隻突然同時衝近，原混天單刀一震，往地一滾，刀光疾閃，已把三頭狼十二隻腳削了下來，三狼痛得在地上翻翻滾滾，哀鳴不已。原混天果然不愧在江湖上人稱「地趟刀」，單就這幾刀，確是令人難以應對至極。

薛丈二大吼一聲，長臂一舒，左手已箍住一頭狼，右手也箍住一頭狼，左右手一攏，向中間的一頭狼砸去，「拍」地一聲，三頭狼被夾得腦漿迸裂，薛丈二臉孔黝黑，神力驚人，難怪外號人稱「黑煞神」。

伍剛中長笑三聲，長劍一展，竟殺入狼群中去，伍剛中所至之處，狼盡倒斃，竟被開出一條血路來！這時木魚奇急，狼群雖屢屢受挫，但還是緊逼不捨，伍剛中殺出了半丈遠，來路已被狼群封閉。薛丈二和原混天看見群狼洶洶，那裡還有伍剛中的影子，當下大急，正欲冒死殺入救主時，忽然眼前的幾頭狼平空飛起，伍剛中長劍連斬，從容而出，道：「這些狼厲害，我殺了四、五十頭，還是衝不出去，只好回來。」他說得容易，但單劍殺入狼群中，又殺將出來，格斃了四、五十頭，豈是稀鬆平常的事？薛丈二與原混天更是敬佩不已。

那邊北面的北城城主周白宇、「仙子女俠」白欣如也與狼群交上了手。「仙子女俠」白欣如本來喜以白色勁裝打扮，但因喬裝富家小姐，不得不換上水袖長裙的閨秀衣飾，只覺打起來很是不方便，周白宇笑道：「袖子如果太曳長，捲起來會好一些。」

白欣如望一望周白宇，只見他劍橫當胸，但卻溫情地望住自己，群狼飢極舐舌，他根本就沒把牠們看在眼裡。白欣如見心上人如此英風颯颯，不禁臉上一紅，道：「沒關係……」

周白宇忽然躍身而起，疾道：「小心！」原來十頭狼已飛撲過來，周白宇這一彈身而起，眼看就要給攫著之際，忽然周白宇手中劍光一閃，一閃再閃，只聽空中微微幾道「唰唰」之聲，那十頭狼已了無聲息的掉下，周白宇仗以成名的「閃電劍法」，當真快如閃電！

周白宇這一躍空出劍，又有三頭狼自下竄來，對白欣如的足踝開口便噬。白欣如穿著的是寬袖闊裾，所以根本看不清她劍在那裡，如何出劍，只見她的袖衣一連三震，連劍風也沒有，那三頭狼額上各中一劍，立時沒命。

那些狼一上來便死了十三頭，其他的狼圍著不去，一時也不敢上來，但有些狼嗅到血腥味，竟搶食起那些狼屍，喫得格格有聲，連骨也吞了。白欣如那有見過這等慘事，不禁花容失色，連手也軟了。

木魚聲愈急，狼愈來愈多，攻擊一次比一次兇猛，這二十八人至少已宰了百餘頭狼，但仍有八百餘隻，毫無退意，而且數量漸增。

這時正是時震東一拳斃四狼，伍剛中衝殺入狼群，周白宇連殺十狼，而正西面的狼，死傷最多。這時候弓箭手的箭已用完了。狼群一見來箭減少，竟諳人性似的，猛衝過來，鐵手知道一旦讓這群狼衝入，陣腳定必大亂，那時候各自爲政，死傷必大，於是疾道：「用暗器招呼！」

那二十名軍士，對鐵手很是膺服，忙掏暗器發射。若說射箭，只有六人是箭手，但發放暗器，卻是人人皆會，二十隻手連揚，野狼又倒下二、三十頭，只是鐵手心裡知道：各人身上能帶多少暗器，不消片刻，暗器一完，只得與狼肉搏了。

正在這時，「三絕一聲雷」伍剛中伍老英雄正殺了四、五十頭狼，仍突圍不出，但此人雖年紀老邁，卻豪氣颯然，凜然不懼，橫劍縱聲大笑。這一陣笑聲，響如洪鐘，竟一時遮蓋過那木魚聲，狼群中立刻攻勢稍減，有幾頭狼往來路逃跑了。

伍剛中笑聲一過，木魚聲又急響，狼群恢復狂攻，鐵手心中一亮，知道狼群是受木魚聲驅使來襲的，猛想起「連雲寨」有九個寨主，個個武功各成一家，一個比一個高強，九寨主「霸王棍」游天龍膂力驚人，八寨主「雙刃搜魂」馬掌櫃最會喬裝下毒，七寨主「金蛇槍」孟有威刁鑽狠辣，六寨主「紅袍綠髮」勾清峰內力宏厚，五寨主「千狼魔僧」管仲一，……是了，這「千狼魔僧」的驅狼本領，是江湖上聞名喪膽的，武功倒沒什麼，但手上木魚，能使萬狼聽命……鐵手忽然大聲道：「各位，這是管仲一的驅狼法，唯有用聲音壓過木魚之聲。」

眾人俱是武林高手，一聽之下，吃了一驚，立刻明白了過來，只聽鐵手的聲音，綿延不絕，不見得如何震耳，卻能把木魚聲壓了下來。周白宇馬上領會，長聲道：「鐵兄說得甚是，我們正好可以趁此聊聊。」話說得很慢，但句無中斷，沛如長吟，甚是有力，木魚聲又被掩蓋了，群狼稍有騷動。

各人都是武術名家，都知道鐵手的意思是用內家真力運聚說話聲來壓制木魚之音，可是各人也知道，以聲禦敵，對自己體力消耗必大，而對方用的僅是木魚，人物相爭，物無生命，而人的元氣必大傷，所以藉各人輪流說話，來壓抑木魚聲，一方面可以免得獨力而爲，力耗太巨。

大家心中均已了然，鐵手又道：「不錯，正要諸位大哥相助。」聲音連綿不絕，竟又比剛才說話時的功力強了許多，木魚聲完全被淹沒。周白宇說了那幾句話，內力大耗，揮劍撲殺了幾頭狼，一時未及說得出話來。白欣如自知內力不及，無法相助。只聽伍剛中道：「鐵兄、周兄，你倆的內力都很好哇。」聲音有若焦雷，轟隆轟隆的響著，也把木魚聲掩蓋。

這時狼群已有一陣子沒聽到木魚聲，竟陣腳大亂，似不知如何是好；木魚聲勉力響起，但屢屢被壓，數度強自提起仍未果。只聽鐵手又道：「伍老英雄對鐵某是過獎了，周兄才是神技過人哩，伍寨主的『一聲雷』，晚生今日才開眼界。」

伍剛中外號「三絕一聲雷」，是稱他快劍一絕，別人使快劍，多數是用輕而薄的劍，但伍老英雄的快劍，卻能以一柄沉甸甸的厚劍施展，天下使快劍的高手，無不服膺；只是後來他義子殷乘風，也是使快劍，本得自他所傳，可是殷乘風此人天資聰悟，武功自創一格，認爲劍既求快，便無需炫耀自己把一柄厚劍也使得如此之快，因為這樣反自會使到本來可以使得更快的劍術因而慢了，因此殷乘風日後當了「南寨」寨主，劍走偏鋒，又薄又利，劍術自創一格。殷乘風自是自成一家，但他也不瞭解伍剛中用厚劍的用意：伍剛中以厚劍使快招，力求淩厲中帶剛健，用薄得之於快，便失之於浮，一旦為別的武器所擋，劍身不夠份量，則必因快而劍折，反成缺失，所以伍剛中寧捨更快而取較穩。這是老少兩人武功的異同，兩人均是武學大家，武功自不拘泥一隅，但殷乘風與本故事無關，故暫按下不表。

伍剛中劍快為一絕，輕功為一絕，內力高深，有時在交戰中，大吼一聲，也能令人震得心膽俱裂，棄甲而逃，是以號稱「三絕一聲雷」。

可是伍剛中聽得鐵手那一番話，心中更是大大吃驚，心中暗忖：我說了這番話，難免也要暗自運氣調息一會，而鐵手一連說了三次話，居然一次比一次宏亮，難道這小子的內力竟比自己還高不成？伍剛中心中納悶，又是佩服，又是驚疑。

這時忽聽另一個宛若鼓擊鐘鳴沉凝肅重的聲音道：「來人可是『連雲寨』高人？為何不現身相見，卻教走獸相迎，未免太看不起這干江湖高人和時某了。」說話的正是「神槍」時震東，居然內力十分渾厚，眾人本來以為時震東只是個武官，卻不一定真有什麼駭人的功夫，不料他這幾句話，說得大氣颯然，而且內力不在眾人之下，眾人心中不禁暗暗欽羨。周冷龍也想說幾句話，但自知內力不足，也只好打消念頭了。

眾人雖然一面殺狼，但畢竟是武林高手，眼觀四方，耳聽八方，一面能關照全場，各人鬥狼的技巧武功，都歷歷在目，各自心裡佩服；現下運內功以聲音壓制木魚之音，各人的內功各有不同，時震東的聲音猶如金鼓交鳴，伍剛中的聲音如焦雷殛電，周白宇的聲音如龍吟不絕，鐵手的聲音則像長河一般連綿不斷，眾人更是互欽不已。

鐵手又道：「敲木魚的可是『連雲寨』五寨主『千狼魔僧』管大師麼？」

周白宇提聲道：「管大師只敲木魚不現身，莫非只管唸經不要廟了麼？」

鐵手道：「管大師，木魚本是法器，你卻光敲出殺氣來，了不起！」

伍剛中道：「管仲一，你剃光了頭，為何不改俗名呢？莫非是有什麼看不透的，要老夫來超渡超渡？」

鐵手道：「青燈古佛，木魚聲聲，管大師，你當真是心中有佛麼？」

時震東也接口說道：「管仲一，你若棄暗投明，我可稟奏聖上，懇求赦免你重罪。」

要知道這種以內力發語制敵之法，十分耗損元氣，眾人故意要逗管仲一出聲，只要他一出聲，必被各人語意所衝擊；管仲一一旦全力相抗，木魚聲必不集中，便有機可乘。但是管仲一也似深知這點，不言不語，只把木魚聲敲得更大、更急。

這時四面狼群，因不聞木魚聲，已散去一半有餘，只剩下的一半，也萌退意，鐵手自然不想功虧一簣，這時那二十名軍士暗器已射完，狼群俱被時震東等四人語音震住，不敢攻擊。

鐵手道：「奇哉怪也，木魚是佛門之物，本是善物，但落在管五寨主之手，竟成了魔器，確乎神技！」眾人一聽大驚，原來鐵手的語音又比先前宏亮綿密了許多，功力不但似沒有絲毫耗損，反似增加。

周白宇道：「本來是神技，但已淪入魔道，管仲一，你再不自拔，後悔莫及！」周白宇自幼練「龍象合擊大法」與嵩山「仙人指」，需要極強的內勁，加上「北城」的「九弧震日神功」，力道陰柔持久，天下聞名，且又以旁枝俗家弟子，學得「無相神功」與「先天無上罡氣」，天下少壯之年的武林高手，已鮮有人能在內力上能與之並駕齊驅，而今他揚聲漫語，果然仍是修為深厚。

這時群狼已逃遁十之八九，伍剛中強吸一口氣，道：「好哇，管仲一，看你能支持多久！」這番話說得極短，雖然雷轟之力不衰，但人事已高，後勁不足，無法再說下去了。再看時震東，只苦笑了一下，無法再運功說話，因為再這樣強自說下去，縱不自傷元氣，也會被強者語音所震傷。

鐵手厲聲道：「管仲一，你還有最後的機會，住手投降，否則自身難保！」這一喝，忽然乍若春雷，只聽西面一陣咳聲，一棵樹下坐著一個僧人，不斷地敲著木魚，咯得一地都是血。其實管仲一何嘗不是想投降，但此時已是欲罷不能了，他只怕自己一手離木魚，對方即會用語音把自己震死，可是他又怎麼知道，若他手不離木魚，眾人又怎能不用語音相抗呢？

周白宇道：「這種人冥頑不靈，實在該殺。」

鐵手道：「我們為的是捉拿朝廷欽犯，不是要對付你們『連雲寨』的人！」

伍剛中忽然「哈！哈！哈！」大笑三聲，原來他也難以聚運內力，心血浮動，情知不能再說，但又生性執拗，硬是要笑上三聲才甘心。

伍剛中每笑一聲，那管仲一便全身震了一震，笑得三聲，管仲一已全身支持不住，巍巍顫顫，但伍剛中也力盡而竭，再也笑不下去了。鐵手道：「伍老英雄免怒，此等宵小，讓晚輩來料理即可。」鐵手是全場說最多話的，但毫無元氣滯窒之象，這時木魚聲已越來越微弱，狼群只剩下數十頭仍徘徊不去，想必是餓了幾天，見了食物便死賴不走。

周白宇道：「還是鐵兄好內力，小弟甘拜……下風……」說到「下風」二字，已微弱不可聞矣，敢情是一口真氣飛散，也支持不住了。可是周白宇年紀輕輕，有如此修爲，已十分可敬可佩了！

鐵手眼見群狼又走了數十頭，只剩十幾頭，知道絕不能功敗垂成，當下雙手一抓，抓了兩團雪花，叱道：「還不給我倒下！」這一叱，猶如萬人齊呼，驚天動地，雖非衝著眾人，那二十名軍士，竟無人把椿得住，紛紛震倒！鐵手同時雙手一撒，雪花激射而出，雪片本不算極硬，更何況是剛飄落的雪花，但擊在群狼的身上，那十幾隻狼各自慘嗚一聲紛紛後退，這一下滿天雪花竟無一不中，是武林中極高的暗器手法：「漫天風雨」！

鐵手這一聲大吼，忽然「噗」的一聲，管仲一的木魚震得四下碎裂，人也一個倒栽蔥式地栽下去，掙扎道：「……好……功……力！」便咯血不止，似是被震傷了內臟，掙不起來。

這時狼群已走清，眾人卻猶自驚出了一身冷汗。

伍剛中這人十分豪爽，見鐵手功力如此之好，心中大為賞識，正要趨前去說幾句出自肺腑讚美之言，忽見鐵手神色凝重，倏地伏下貼耳於地，細細傾聽，這時眾人也聽到了，四面八方，隱隱雷動，火光衝天，恐怕有三、四百匹的馬，同時衝近。周冷龍也不禁臉色為之一變，赫然道：「難怪他們要以狼群來誘我們射完暗器，沒有暗器，我們——」

那「黑煞神」薛丈二卻道：「沒有暗器，我們用兵器打啊。」「地趟刀」原混天也道：「若沒有了兵器，我們用拳頭呀。」這伍剛中座下的兩名頭領，脾氣極大，在「南寨」中地位也不小，生平最看不起人臨陣畏縮，又最愛打架，剛才因來的是狼而不是人，平生首遇，未免有些驚慌，但而今來的是人，縱千軍萬馬，也大不了一條性命，凜然不懼；又以爲周冷龍的話帶懼意，所以反言相激。其實周冷龍大小戰經歷了沒有五百，也有三百，要怕也不會在時震東面前膽懼起來，剛才他只是說心中所顧忌的而已，聽了薛、原二人的話，當下冷笑道：「二位說得好，只不過周某幾時怕過人來了，剛才群狼攻擊，周某也沒有說狼一定會先吃自己，也沒喊叫過媽。」

周冷龍語中當然帶刺，因爲剛才薛、原二人在協助伍剛中抗狼時，一時恐慌，確有說過類似的話，但原、薛二人被伍剛中豪情所動，依舊奮戰不休，並未退縮一步，一聽周冷龍如此諷嘲自己，當下大怒，正磨拳擦掌，想要挑戰，伍剛中怒喝道：「丈二、混天，我帶你們出『南寨』時的話，不准惹事、嚴守寨規，都忘了嗎？」

時震東也叱道：「冷龍，此時此境，不求聯手，反而惹事，像個榜樣嗎？」

薛丈二、原混天二人對伍剛中本又敬又服，當下低下頭去，不敢造次；周冷龍本就聽命於時震東，也無話好說。這時鐵手忽道：「來人只怕有四百之眾，想必是『連雲寨』四寨主『陣前風』穆鳩平親率的。」

周白宇雙眉一振，隨即深鎖，道：「若是由他率領，則十分難以對付，只怕『連雲寨』三寨主『賽諸葛』阮明正也在這裡，那就更難辦了。」

伍剛中道：「不錯，穆鳩平與阮明正素來是焦不離孟，孟不離焦，而今『連雲寨』七百餘之眾來了四百，這個穆鳩平與賽孔明，那有不出陣的道理。」

當下各人心中大是憂慮，原來「連雲寨」本來只有八位寨主，是除「南寨」伍剛中的那一股人外，可說是僅居其次的，這八位寨主，武功個個了得，有計無窮、力無盡、文無雙、武無敵的人，可是後來來了一個人，名字叫做戚少商，單身獨闖「連雲寨」，據說自綁右手，以左手逐一挫敗「連雲寨」八個寨主，八個寨主輸得心服口服，故奉他爲總寨主。傳說這位戚少商隨手在「連雲寨」練武廳上抓了件兵器便打起來，鬥八人便換了八件武器，從流金鐺到虎牙鏟，甚至三尖兩刃刀、牛角刀都莫不一一用得揮灑自如，彷彿是自家的兵器，已練得極爲趁手一般。

此人的武功，十分複雜，各人也看不出他的師承，他的武功，他的來歷，所以外號稱之爲「九現神龍」。

這「九現神龍」戚少商一旦任爲「連雲寨」寨主之後，「連雲寨」連連得利，正正邪邪間，也做了幾件大事，轟動了武林，名聲直追「南寨」，頗有後來居上之勢。更聽說這戚少商天資敏悟，每與人打一次架，便能創一套新招，只不過他極為自恃，野心極大，也因胸懷大志，對琴、棋、詩、書、畫、兵法等，無一不精，並不只專於武學修為而已。

戚少商的人難以捉摸，已夠頭痛，況且二寨主「虎嘯鷹飛靈蛇劍」勞穴光，也是江湖上一等一的武林高手，且亦是鐵錚錚的好漢。

這勞穴光，本來就是「連雲寨」的總寨主，因戚少商加入之後，才甘心誠服，屈就為二寨主的。勞穴光外號「虎嘯鷹飛靈蛇劍」，不是他自己取的，也不是替他取綽號的人胡扯，而是勞穴光此人內力充沛，大吼一聲，可摧心魄，故稱「虎嘯」；輕功極佳，幾乎是無翅能翔，故稱「鷹飛」；劍法又迅又毒，宛若靈蛇，故稱「靈蛇劍」，實非虛傳。

戚少商與勞穴光二人的武功，比其他七個寨主的武功，高出不可以道里計，可是三寨主「賽諸葛」阮明正工於心計，武功雖不高，但熟讀兵書，「連雲寨」的一切行事調劃，都是他一手調派的；四寨主「陣前風」穆鳩平，武功也不算太高，但勇猛不屈，陣前殺敵，只進不退，是一名悍將，亦是「連雲寨」的總領。五寨主「千狼魔僧」管仲一，異音驅狼，天下一絕，適才狼群攻擊，其魔力可見一斑，但終於作法自斃，被鐵手等用內家真力震傷。

「連雲寨」的大寨主，比起二寨主是高強得多了，而二寨主又比三寨主、四寨主、五寨主武功高強何止十倍！這三寨主、四寨主、五寨主卻又比六、七、八、九寨主強得多了，這是「連雲寨」良莠不齊之處，但周白宇等得知「連雲寨」的三寨主、四寨主、五寨主均已出動，那麼大寨主和二寨主又怎會閒著？看來與「連雲寨」這一場血拚，實在所難免的了。

這時四方八面，出現不下於四百頭的馬匹，馬上各有一名勁衣大漢，看來勇猛異常，人馬都十分剽悍，那些山賊都一手持刀，一手勒馬，有些只執火把，衝殺過來，更無一人有懼退之意。眾人又驚又佩，「連雲寨」的人，果然勇悍過人。

這一下來勢洶洶，人多勢眾，這一衝將過來，這廿八人死傷必大，時震東提聲道：「在下滄州時震東，與朋友路過虎尾，並非衝著貴寨而來，請高抬貴手，借路而行！」這武官果然泱泱大度，聲音如鑼鈸齊鳴，十分響亮，語氣又不卑不亢。

只見對方來勢不減，東面一人全身黑盔黑甲，黑頭黑臉，身高七尺，手執長矛，一面衝殺一面喊道：「王八羔子，傷我五弟，還說什麼？快給我殺！」他這一聲呼喝，眾徒便一齊吶喊，人人不懼而猛衝，鐵手便知這人一定「陣前風」穆鳩平無疑了。

「黑煞神」薛丈二大笑道：「我以為我最黑，原來天下還有比我更黑的人！不知誰的力大，接我一記試試！」轉身竟連根拔起一棵枯樹，「呼」地擲向穆鳩平，穆鳩平呼喝一聲：「好！」長矛一架，枯樹倒飛，而他來勢不減！枯樹倒撞回薛丈二，薛丈二雙手一抱，抱住枯樹，「蹬蹬蹬」地被震退三步！

「地趟刀」原混天大笑道：「你不成，我來！」竟衝了出去，化為一片刀光，在地上一滾，直削穆鳩平的黑馬四蹄，穆鳩平怒喝一聲，黑馬極其驃悍，一躍而起，竟跳過原混天的頭上，避過這一砍！

後面趕上的三名土匪，一見原混天，舉刀當頭劈來。原混天見一擊不中，回刀一拖，又化為一片刀光，竟把那三個土匪的坐騎四蹄削斷，三人怪叫摔下。

這時眼見大隊已衝近眾人，忽一玄衣人掠起，猶若大鵬，已欺近穆鳩平頭上；

穆鳩平見來人如此之快，不禁一怔，長矛向來人直刺過去！

那人正是鐵手，鐵手情知此時危急，擒賊擒王，若不先制住這主將，那四百嘍囉一齊動起手來，可不是好玩的，於是立心要先挫穆鳩平。

穆鳩平這一矛刺來，呼呼有聲，鐵手心頭一震，知道這賊的膂力不弱，若然閃避，必要數招後方有望成擒，那時眾賊一衝，局勢便不易挽回了，當下有意力挫這「陣前風」，殺殺他的威風，於是雙手猛地執住長矛！

穆鳩平絕不料自己這一刺，對手竟能接得住，只見鐵手雙手一拗，那鑌鐵長矛，竟給拗彎了下來，不禁大驚，沒料到天下竟有此神力之人。其實鐵手也以爲這一拗能折其矛，沒料到一拗之下，對方臂力驚人，居然只彎不折，心中也佩服穆鳩平之勇武，不禁起了惺惺相惜之心。

兩人一交手間，心中各有所思，手底下可不慢，鐵手一拗對方長矛，已欺身而上，猛然向下一沉，穆鳩平手執矛端，只覺一股大力湧來，竟給扳離馬鞍，懸在半空！

四　二釋英傑

穆鳩平眼見受制，可不慌不亂，立即撤矛，回手拔劍，穆鳩平這一撤矛，身子便得以落下，鐵手怎讓其得逞，手執矛尖，以矛使一招「寒鴉點點」，一剎那間，矛頭已撞中穆鳩平的身上「中樞」、「少衝」、「沉香」三大要穴。穆鳩平在半空無力，便「咕嚕」一聲倒栽下來，一面還運力以圖衝穴，鐵手攫前抓住了他，一矮身「刷刷刷」已避過三刀。這時大軍已至，穆鳩平也只不過較眾惡徒衝前十餘丈，可是待山賊衝近時，鐵手已制住穆鳩平，還順手再封他「中靈」、「氣海」二穴，教穆鳩平連喘氣也不能，一閃身，已挾人回到時震東那邊，眾人大是喝采不已。

鐵手大呼道：「『連雲寨』的聽住：你們再衝過來，我先殺了你們四寨主！」眾賊一聽，全部勒馬止住，一時火光熊熊，但鴉雀無聲，火光映照在雪地上，如同白晝。鐵手「錚」地拔出穆鳩平的佩劍，精光四射，已抵住穆鳩平的咽喉，冷冷地道：「穆寨主！你要命不？」穆鳩平怪眼一翻道：「要。」鐵手見他答得那麼爽快，又道：「叫他們退兵，我不傷你一分一毫。」

穆鳩平就說：「不要。」

鐵手沒聽清楚，問道：「什麼不要？」

穆鳩平冷笑道：「要我穆鳩平一命使『連雲寨』退兵，沒有的事，我寧可不要命了，你要殺就殺，要剮就剮，老子不皺一皺眉毛！」忽然大聲道：「兄弟們聽著：我的命就喪在這干人手裡，你們要為我報仇！」竟然引頸撞向劍鋒！

鐵手一呆，猛然撤劍，劍鋒已捺下一道血痕。時震東馳騁沙場，見此好漢，不禁道：「好漢！」伍剛中大叫道：「有種！」薛丈二卻喃喃自語道：「難怪會長得比我黑，原來脾氣比我大！」只聽穆鳩平大喊道：「你們怎麼不衝過來，怕我死得了啊！」眾賊竟呆在馬上，不知如何是好。敢情這「陣前風」平日待屬下極好，眾人明知寨規難容，但仍不敢衝近，怕害了穆鳩平一命。

穆鳩平暴跳如雷，忽覺身上一鬆，原來穴道已盡解，解的人正是鐵手，穆鳩平倒是一呆，鐵手向他長揖道：「穆兄弟，適才猝然偷襲閣下，是在下不是，敬請原諒。」其實鐵手適才那一下，是千軍中擒將，並非「偷襲」，只不過他見此人威武不屈，而「連雲寨」的人居然也有情有義，忙以禮相待。

穆鳩平怔了怔，沒敢相信那是事實，竟然不走，鐵手笑道：「穆寨主請回，咱們再來陣中拚過死活。」

穆鳩平板著臉孔走了幾步，見鐵手真不追來，知是誠意相釋，竟是不走了，道：「好小子，剛才你那一下，我穆鳩平是輸得心服口服，無話好說。」忽然揚聲道：「兄弟們，這一仗，遇著仁義之師，我不打了，你們要打，你們打吧！」

這一下連鐵手也沒料著，此語一出，眾徒議論紛紛，互覷而不知如何是好。眾人見鐵手義釋自己這方的主將，已是大爲感激，又見對方一出手便擒下所向無敵的穆鳩平，知道來人武功已是神乎其技，不免都有些恐懼，本不欲戰，但又怕大寨主責怪下來，一時不知如何是好。

鐵手拱手謝道：「穆兄弟，感謝不戰之恩，你那位五弟，只是震傷內臟，若然不棄，兄弟我可以代爲治理。」眾人一聽，又是歡忭不已；穆鳩平大喜過望，道：「真的？那太好了。」鐵手正待答話，忽聽北面一人冷冷地道：「四弟，你陣前不鬥，又唆使軍士不戰，知不知罪？」

穆鳩平聽了震一震道：「四弟知罪。」

那聲音又道：「你知什麼罪？」

穆鳩平接過鐵手剛剛才雙手奉回的長劍，「哈哈」一笑，無限蒼涼，道：「三哥，小弟自刎當堂便是。」

鐵手既知那人是三寨主，也就是「賽諸葛」阮明正了，當下也不插手，料想怎麼樣阮明正也不會讓穆鳩平自刎的，果見穆鳩平把劍一橫，那冷峻的聲音又道：「若你殺了這干人，可以將功贖罪。」

穆鳩平慘然一笑道：「第一我穆鳩平一向不殺朋友，第二我穆鳩平也非其敵手，求三哥成全！」當下引頸自刎！

鐵手見此人竟把自己當成朋友，不惜自刎也不願與自己爲敵，心中大受感動，對「連雲寨」也敵意全消。穆鳩平把劍一橫，只聽一聲冷哼，一柄飛刀激射而來，「噹」地震歪長劍，穆鳩平變色道：「三哥你……」

只聽阮明正道：「你不但臨陣退縮，而且唆使軍士不戰，尙當敵爲友，豈是自刎能了事，當知寨規否？」

鐵手見阮明正以飛刀射歪長劍，以爲果然料中，阮明正不會讓穆鳩平自刎的，沒料到阮明正竟說出那番話來，罪加一等，彷彿自刎也不能補過一般；鐵手大怒，抬目望去，只見一雪衣中年漢子，下頷三綹長髯，臉白如玉，神色十分冷峻，這就是「賽諸葛」阮明正。

只聽穆鳩平向西南方半跪道：「弟子領受寨規處死。」

阮明正冷冷地道：「還有人不戰否？」那四百個山賊見四寨主尚受此罰，那敢說「不」字，齊聲道：「爲寨殺敵，人人爭先。」阮明正向鐵手等人冷冷的橫了一眼，道：「教人看看我們『連雲寨』，有沒有賣友求榮之輩！」忽然自袖中射出兩柄飛刀，直奪穆鳩平雙目。

鐵手沒料到他忽施辣手，對自己的四弟亦如此狠毒，怒喝一聲，這時阮明正的刀已及穆鳩平的雙目，只見刀鋒青藍，必含劇毒，原來這寨規是先毀雙目，再令其毒發身死，十分殘酷。穆鳩平也不閃躲，瞬目受死。忽然疾風突至，「卜卜卜卜」幾聲，原來鐵手已飛身過去，及時雙手捉住雙刀，因爲怒極，所以雙刀被他一抓下，被他捏個粉碎。

正在鐵手捏住雙刀之際，一條美妙的白影忽然長身而起，倏撲向阮明正。七、八名嘍囉意圖相攔，但見白影凌空一躍，已飛過諸人頭頂，直攻阮明正身前的七、八名護衛，顯然武功也不差，七、八根長矛同時攻向這道白影；這白影正是白欣如，只見她在半空雙手一陣連抓，已把長矛統統接住，但也被逼落下地來。阮明正大爲放心，因爲只要白欣如不能一擊便中，自己的手下便可以立即圍住她碎屍萬段了。

阮明正正待喝令攻擊之時，忽又見白影一閃，已至眼前。阮明正一驚，正待拔刀，已然大遲，那人出劍如電，一柄劍已抵在他咽喉上，才聽到「唰」地一下破空之聲，抬頭一看，正是「北城」城主周白宇。

阮明正登時大悟：原來白欣如的攻擊是聲東擊西之法，掩耳盜鈴而已，真正的攻擊來自周白宇，而且迅雷不及掩耳，出手之快，令人嘆爲觀止。阮明正發覺時，已經受制了，心中勃然大怒，沒料到自己以智稱絕，竟一下子被幾個毛頭所制，當下鐵青著臉，冷視周白宇。

這時周遭的眾匪已紛紛拔刀衝了出來，周白宇粗聲喝道：「你們上前一步，我就殺了你們的三寨主！」眾匪立時停住，沒料阮明正喝道：「無膽小子，你們衝來便是，個人生死，何足道也，你們不過來，都要受寨規重罰！」

周白宇本想喝問他爲何對自己拜把兄弟也不放過，沒料到這人性子也恁是剛烈，仰頭一撞，向劍鋒撞來，周白宇是何許人也，忙把劍一抽，阮明正雖得不死，但頰上已是血流如注，阮明正毫不畏懼，又撞了過來。周白宇再一縮手，阮明正再撞，周白宇再縮手，三撞三縮，劍仍抵住阮明正的咽喉，阮明正既求死不得，也逃不開去。

只聽穆鳩平怒道：「辱我三哥，便是我敵！」

阮明正大笑三聲，朗聲道：「老四，我和你一同死了便是！」

周白宇見他剛強，並非只工心計而已，心中也暗暗敬佩，問道：「看你也是條好漢，爲何對那位穆兄弟如此狠毒？」

阮明正瞪了他一眼，大笑說：「若『連雲寨』上上下下都因敵人小施仁義，便感激不盡，棄械不鬥，『連雲寨』還像不像個山寨？四弟身爲將領，尚且如此，不加倍處罰，何有顏見大哥？就是因爲他是四弟，更該處死，我和他相交最深，我處死了他，最多與你們力拚而亡，以報他待我兄弟之情！縱他向你們投誠，也應處於極刑，否則寨眾那會心服！你勸我也沒有用，大丈夫行事，自當乾脆一些，快快取我性命吧！」

周白宇、鐵手聽得這一番話，不覺對這阮明正的以身作則，大公無私而肅然起敬，只聽穆鳩平叫道：「是，是，三哥說得對，小弟毀了寨規，糊塗之至，真是該死之極！」

阮明正閉目待斃，大義凜然，周白宇倏地收劍施禮道：「阮先生，在下適才不識二位君子，多有得罪，尚請勿怪。」阮明正氣憤憤的說了一番話，以爲必激起周白宇之怒，一劍刺來，沒料他對自己更爲恭敬，並向自己賠罪，當下雙目一睜，道：「你少施仁德，你饒我不死，我還是要以你爲敵！」

周白宇劍入長鞘，漫聲道：「阮先生儘管出手便是，我放先生，只因心儀，別無圖謀；在下適才猝然偷襲，否則未必能制得住先生。」

阮明正見周白宇如此謙遜，一時呆立當堂，不知如何是好。忽聽一人漫聲而道

：「明正，你平常好聰明，怎的今日固執成見，喋喋不休，倒教客人笑話了，咱們『連雲寨』的寨規是活的，你怎麼拿它作死的用呢？」聲音柔和風雅，但隱然有俠客之瀟脫謙恭。

鐵手等人霍然回身，只見北方的「連雲寨」的人，紛紛相避，讓出一條路來，一個青年含笑步出，另一個黑衣人臉無表情的跟著，只聽那些「連雲寨」的人都七嘴八舌地道：「啊，大寨主也來了。」、「二寨主也出動了。」、「大寨主、二寨主，您們好。」那年輕人一一含笑作答，連一點架子也沒有，敢情與寨徒的感情極好，這麼年紀輕輕的，便是「連雲寨」的大寨主，眾人心裡也不覺驟減敵意。這兩人出場，反沒有三寨主、四寨主等出來時那麼嚴肅，寨眾都如釋重負，對這兩個寨主都極爲放心似的。

那青年既無架子，亦不傲慢，走近來向鐵手等一揖道：「在下戚少商，諸位路過，『連雲寨』有失遠迎，在下失職，適才多蒙二位對三弟、四弟不殺之恩；我這三弟，向來執法如山，請諸位勿怪。」眾人大吃一驚，只見那青年穿著的是一件褪色得厲害的青衫，已縫上幾個補丁，都捨不得換上一件新衣，十足個落魄書生模樣，以爲充其量也只不過「連雲寨」的小頭目，沒料到他便是「九現神龍」戚少商！

時震東見大家都比較緩和下來，輕咳一聲道：「戚寨主，咱們路過此地，本待過寨時投帖拜見，沒料到卻與貴寨子弟交起手來了，實在是……」

戚少商笑道：「是我們多有得罪。這位想必是名震滄州的時將軍了，坦白說，在下等以爲來的是那些欺壓百姓的官僚，像對付這些亂臣賊子，咱們『連雲寨』是素不容情的。適才見諸位以氣功退狼，又義釋我三弟、四弟，想必是非常之人，特高攀結交，未知諸位賞不賞臉？」語言中隱有王者之氣，暗示你們若是那些狗官，早已下令一網打盡了。要知道地方百姓，常被貪官污吏壓榨，簡直民不聊生，唯時震東將軍管轄滄州一帶，雖鐵臉無情，但從不欺壓良民，深得清譽，這戚少商竟在言語間，透露了極大的抱負與氣派，大有替天行道之意，心下不覺暗驚，難道這人想造反不成？

這時那神色冷漠的黑衣人，緩緩走到那枯樹下，到了管仲一的身前，看了一看地上被震碎的木魚，猛然抬目，向鐵手瞪了一眼，神光暴射，好一會才轉移目光，扶起管仲一，以內力輸入管仲一體內，以保住他的性命。穆鳩平兄弟情深，問道：「二哥，五弟能活否？」那勞穴光並不答話，戚少商問道：「二弟，五弟的性命全仗你了。」勞穴光即答道：「大哥放心，五弟能活。」

果然不消一刻，管仲一蒼白的臉色轉爲紅潤，眾人見管仲一未死，暗中慶幸與「連雲寨」便結仇不深，一方面也驚詫於勞穴光深厚之內力。

戚少商向鐵手等笑道：「諸位既然路過此地，又惹起一場誤會，都是敝寨的不是，幾位若肯賞光，隨兄弟至寨裡喝幾杯水酒如何？」

時震東臉有難色，道：「實不相瞞，在下等邀得這幾位助手，爲的是抓拿欽犯而來的，匆忙間不及拜山，戚寨主可否待在下擒得欽犯，回京交差後，再偕大家來飲幾杯如何？」

戚少商忽然臉色大變道：「你要抓拿欽犯？」

時震東見明明局勢緩和，戚少商又忽然轉變態度，心下暗暗防範，道：「正是。」

戚少商神目如電，盯在時震東臉上，冷冷地道：「是『絕滅王』？」

時震東視情察勢，知道瞞也瞞不下來，當下坦然道：「不錯。」

戚少商厲聲道：「不許！」

局勢當時又緊張了起來，時震東苦笑道：「戚寨主也是明理人，當知我們這些吃公家飯的不易。」

戚少商搖首道：「我們待在這裡，爲的便是截擊這一道上追擊主公的人。」

鐵手聽得戚少商稱楚相玉爲「主公」，知道他們關係非淺，當下拱手道：「戚兄，你藝高無比，智誇三軍，何不爲國家出力做事，不枉時正年少！」言下之意是說，你才智武功都高，只奈何甘爲賊寇？

戚少商笑道：「這位想必是『天下四大名捕』之鐵手兄，果言之有理，不過請循其本：朝廷乃求國泰民安，朝廷若不會做事，只會壓榨欺侮良民，那我爲百姓做事，推翻朝廷，另立明主，不也是替國家、替人民做了大事麼？」

鐵手等都吃了一驚，當時的確是貪官當道，民不聊生，外侵內亂，天子又昏庸無能，各地軍民，都已怨載連天，各人聽得心下一動，戚少商字字鏗鏘，竟令人反駁不得，時震東見眾人默然，便苦笑道：「我只是一介武官，朝廷的事，我怎管得了？戚寨主，尙請你高抬貴手，讓下官過山，去抓楚相玉後，再來謝罪。」

戚少商也苦笑道：「時將軍赤膽忠肝，不叛朝廷，在下也無話好說，不過行有行規，幫有幫規，在下曾敬奉過絕滅王，便有責替他截阻追兵，況且，楚公志向圖謀，與本寨相近，衝著這點，敝寨也不能袖手不理。」

鐵手忽然問道：「戚兄既有大志，爲何還留在寨裡？」

戚少商笑道：「時機未到，只求養志，不求聞達；況且，我奉義軍之命，在此恭候一俠名天下、義舉無雙的大哥到來。」

鐵手心頭一震，道：「那位大俠，姓甚名誰？」

戚少商竟不隱瞞，恭然道：「神州大俠，神州是也。」

鐵手道：「他是前輩名俠，自是不錯，但神州大俠怎會應允加入叛軍？」

戚少商一字一句地道：「義軍才是真正的王師，誰不加入？武林中人一呼百諾，報效必多。」

鐵手道：「若他不肯加入呢？」

戚少商肅然道，「再三相求，曉以大義。」

鐵手仍道：「若他仍不加入呢？」

戚少商臉色凝肅，手掌作勢往下一切道：「他若不加入，武林人士必效之，只好殺了！」鐵手等心下一寒。

鐵手忽道：「戚兄，咱們乃外人，甚至是吃公門飯的，戚兄為何要告訴我們這些？」

戚少商笑道：「我見各位義膽忠肝，當非小人，況且事無不可對人言也。」

鐵手道：「若我們回滄州府後，傳出此事，不是對貴寨大大不利？」

戚少商大笑道：「鐵兄說笑了，現在大家只不過是撞鐘和尚，但求盡力而已，各位是武林好漢，焉不知天下叛變四起？多我一個『連雲寨』，諸位也不至為求封賞而傳揚出去。」說到這裡，頓了一頓，又道：「況且，事若傳了出去，天下英雄，也不會饒了你們的！」眾人又是一驚。

要知道戚少商這一番話，是軟中帶硬，硬中帶軟的。其時天下動亂，義軍頻起，若在朝廷當官，秉公行事，無人會說不妥；若為求名祿而出賣義軍，則為天下所不容，不但被出賣者要報仇，連旁人也不會饒了那告密的人。就算是時震東與周冷龍等，雖是大將，畢竟是武林出身，又怎會不知？怎會甘冒大不韙而密奏朝廷？況且朝廷昏庸無能，很可能遭奸人所妒，一個彈劾下來，說上奏者結交叛匪，弄至全家抄斬充軍，自取其禍，也不一定。

各人不禁都驚出一身冷汗，時震東苦笑道：「在下乃塞邊小將，朝廷的事，下官都管不了，戚寨主放心便是；但這楚相玉乃逃自我獄中，若不能抓回歸案，以將功贖罪，只怕下官一家大小，都受重刑，下官朋友，亦受牽連，無論如何，但請戚寨主網開一面，他日再拜寨相謝！」時震東的話，說得極其委婉，只求捉拿欽犯而已，絕不計較「連雲寨」的事。

戚少商沉吟道：「時將軍的難處，在下亦知。在下亦有難處，楚主公是在下義主，本當竭力相助，但諸位是在下義友，又不能不顧，不過無論如何，諸位欲過山抓人，『連雲寨』是不會袖手的！」眾人聽得心下一沉，因「連雲寨」的這幾個寨主，已難應付，何況還有七百餘眾？戚少商又道：「這樣好了，既是朋友，寨裡弟子，絕不能以多欺少，現下我們雙方，各派出三人，抽籤決定誰與誰戰，那一方三勝其二者，便是贏方。如是敝寨敗了，當拱手相讓諸位過山，敝寨也算盡了救助之力，只不過技不如人而已。萬一諸位敗了，只好請回滄州，不知諸位意下如何？」

鐵手本就忌於「連雲寨」群起而攻，那自己等就傷亡必巨，而今竟聽戚少商要以一對一，連打三局，不佔外人的便宜，知道他有意賣個交情，心中大是感激，時震東當下道：「謝過戚寨主，不知比試方法如何？」

戚少商笑道：「並不如何，砌磋武功，點到爲止，各位乃英雄好漢，當必心照，又何需在下多言？只請將軍選出三人，再抽簽應戰便了。」說著就拖阮明正、穆鳩平走向勞穴光與管仲一喁喁細語，似是選拔誰出手較技。

這邊的時震東向大家道：「待會三戰中，我出一戰，不知另二戰那位願一陪老夫？」

鐵手道：「不可。」

時震東奇道：「鐵兄何出此言？莫非見我老頭兒武功不行麼？」

鐵手道：「不敢，只是時將軍乃此行主將，萬一有所閃失，如何領隊？還請將軍保留元氣，自珍是好。在下願代出一戰。」

周白宇道：「鐵兄所言甚是，時將軍乃主將，不宜出戰，我也願代戰一場。」

伍剛中聽得哈哈笑道：「還有我這老頭子，只要不嫌我老，也可以打它一場！」

時震東知道現下諸人，當以鐵手、周白宇、伍剛中三人的武功為最高，見三人肯出手，當下大喜過望，竟欲謝拜，邊道：「諸位相助之恩，下官沒齒難忘。」

鐵手、周白宇忙左右扶攙，不讓他下拜，鐵手邊道：「還有一件事。」

時震東道：「何事？」

鐵手道：「我們三人出戰，對方三人中必派出戚公子和勞二寨主，這兩人武功相當可怕，但願我能纏上一人。不過『連雲寨』十大寨主只出了五人，其他四位寨主，只怕是去伏擊田統領、柳統領等，現下必十分危急，待會兒我們第一場交戰時，時將軍請派人溜出救援。那時大家觀戰，勢必分心，若人數少，能溜走的希望極大。」

周白宇也道：「正是，派出的人一多，必被發現，戚少商料我們不會偷出援助，因數里內，並無官兵駐紮，所以防範不嚴，料想我們也逃不出去。我們且派出二、三人，前後救援。欣兒，妳輕功好，就勞妳去一趟好了！」

時震東見白欣如出劍殺狼，武功極高，輕功又好，當下喜道：「若白女俠肯去，那就最好不過了！」

周冷龍忽道：「將軍，請派末將前往救柳統領。」

時震東知道這周冷龍武功也極高，一直在自己手下，甚爲倚重，對他極爲放心，當下道：「甚好。」

「黑煞神」薛丈二、「地趟刀」原混天也想要去，鐵手道：「人多反而不好，這兒山賊更多，尙望二位替伍寨主等掠陣爲重。」薛丈二、原混天二人見沒有任務指派，心中已是老大不悅，但聞鐵手說這兒要人掠陣，而且這兒賊多，又擔心寨主伍剛中應戰之役，於是皆無異議。

那邊的戚少商向勞穴光、阮明正、穆鳩平、管仲一等道：「若我們以多欺少，縱打敗他們，也不會心服，待會我們以一對一，一敵一，敗了他們，他們既不敢回京師，又重信義不能前去抓楚主公等，說不定咱『連雲寨』因而多了幾位得力的高手。」

阮明正道：「大哥果然妙計，以大哥、二哥身手，必可穩勝他們兩場了。」

戚少商道：「但願如此，這三場之中，你也打它一場。你武功雖不及鐵手、周白宇、伍剛中、時震東等人，但智計無雙，能勝一局，也不一定，如我們能連勝三局，看他們還心悅誠服不？」

阮明正道：「是，三弟武藝粗疏，但所幸腦筋清醒，必盡力而爲。」

這時鐵手、周白宇、伍剛中三人從容步出，戚少商也率勞穴光、阮明正走了上來，六人三對，昂然而立，各人議論紛紛，「連雲寨」中的人，素知這三位寨主智技過人，但絕少見過他們真正出手過，平常的敵人，多被四寨主「陣前風」穆鳩平如砍瓜切菜一般，根本非其敵手，更知這三位寨主了得，今日萬幸得一見神技，至於對鐵手他們，眼見他們以音拒狼，輕易擒下三寨主與四寨主，也知非常之人，每人都渴望一見這場拚鬥，當下七嘴八舌，甚至賭起誰贏誰輸起來了，當然，賭徒們還是對自己的寨主們比較有信心，以一賠十也賭，至於賭鐵手這方面贏的，則寥寥無幾了。

這混亂的當兒，白欣如在周白宇身旁說一聲：「宇哥，我去了，你小心些。」

周白宇道：「我當謹慎，妳不用擔心，妳也小心一些。」白欣如幾個閃身，已潛了出去，無人覺察；這時周冷龍也向時震東告辭一聲，與白欣如分頭去救柳雁平與田大錯去了。

這時鐵手笑道：「戚兄，咱們如何交手是好，總不能各人任挑。」

戚少商也笑道：「說得正是，我們寫上『戚』、『勞』、『阮』三姓，放在箱子，各位任挑一張好了。」

鐵手笑道：「該是主人挑客，寫上『鐵』、『伍』、『周』，三姓方是，怎麼挑起主子來了！」

戚少商笑道：「不行不行，有道是賓者爲上，三位挑選才對。」鐵手見戚少商有意堅持，也同意了。於是戚少商寫下三人姓名，讓鐵手等三人抽籤，這一下，由誰對誰，是決定勝負的關鍵，各人無不急欲知道，而周、白二人也趁機閃出重圍了。

話分兩頭，周冷龍和白欣如一離了大隊，周冷龍道：「我要向前去救柳統領。」

白欣如道：「我救的是田統領，那就此別過啦。」

周冷龍道：「白姑娘妳多加小心。」便遠去了，白欣如也提起輕功，向西北奔去！這一陣提氣急奔，如燕子一般，已半掠帶翔的趕了七、八里路，到了一村子裡，猛聽一聲暴喝。

白欣如忙繞過去一看，那六名仍在苦戰的軍士，只剩四名，仍力戰四十五名山賊；而田大錯雙掌力敵「紅袍綠髮」勾青峰及「金蛇槍」孟有威二人，已左支右絀，十分危急，除左脅鮮紅了一大片外，小腹也滲出了血漬，敢情受傷得不輕，猶在苦戰。

白欣如知道猶豫不得，只得用快刀斬亂麻之法，白影一閃，已然衝近，「唰唰唰」已刺倒三名山賊，那些軍士見白欣如既到，無不大喜，軍心陡振，又酣鬥起來，絕無倦意。

四名山賊揮刀，往白欣如斬來，白欣如連閃三下，用劍一架，封住一刀，那人一抽，竟抽不回來，要知道恒山「素女劍法」陰柔之勁，天下甚少人破得了，那山賊又怎有能耐？白欣如借刀一抽，那人一個踉蹌，白欣如已順手封了他的穴道。

另外三人一刀斬來，白欣如拿那漢子一推，三人怕斬著自己人，忙一抽刀，白欣如趁機欺近，劍鍔封了一人穴道，左手點了一人穴道，一腳踢了一人穴道。四人盡被點倒。

白欣如一來便已解決了七名山賊，又有四名衝來，白欣如一連以「素女劍法」中的「琴鳴四響」的四劍，劍傷了二人，只剩二人，已無鬥志，白欣如水袖一拂，又封了一人的穴道，剩下一人，再也不敢與白欣如交手，跑回去纏戰那四名軍士。

這時一共已倒下七名山賊，只剩下三十五名，一時也傷不了那四名勇猛的軍士，白欣如一閃身，如飛燕一般，已加入田大錯、孟有威、勾青峰三人的戰團，一時間「嗤嗤」之聲不絕，竟已刺出了七七四十九劍，劍劍刺向「金蛇槍」孟有威，孟有威萬未料到對方一年輕女子，劍法竟如此了得！他憑著一雙肉掌，屢次想奪劍，但都被一股陰柔之力撞了回來，不能得逞。七七四十九劍一過，已被逼得退了十余步，臉紅耳赤起來。

白欣如的武功，本就比田大錯高出許多，田大錯的武功，卻又比這孟有威高出不少，所以白欣如片刻間便佔了上風，田大錯大叫道：「要得！」一面又瞪著勾青峰，哈哈大笑道：「小子，適才二對一，不算！再接你爺爺的掌力瞧瞧！」

勾青峰曾被田大錯打得陷入地中去，出不得來，幸而孟有威施暗算，才好不容易佔了田大錯的上風，並用鐵枷掃中了田大錯的小腹一下，眼看可以得手，沒料到半途殺出個程咬金，而今要他獨戰田大錯，不由得他不心驚。

田大錯搶近身去，一招「落地分金」，「落地分金」乃「分金手」田大錯之成名絕技，勾青峰那有不驚，不驚猶可，一驚腳步稍滯，田大錯便已撲到，大喝一聲：「『童子拜佛』！」

勾青峰已避無可避，聽見又是「童子拜佛」，真個嚇得魂飛魄散，自動舉起鐵枷，硬接了下來！

要知道高手相對，絕不能膽怯，膽怯便遜了半籌，勾青峰本也內力高深，但在驚怕之下，也大大打個折扣，他武功本就不如田大錯，這一招接實了，勾青峰竟似椿子一般，被打得下陷及膝，田大錯恨這人以二敵一，下手不再容情，大喝一聲，雙手以「五雷轟頂」擊下。

這一下，勾青峰接著正如「五雷轟頂」，「隆」地一聲，被打下地去，陷及臍部。勾青峰本想大叫饒命，沒料到田大錯一揚聲，喝道：「『如雷貫耳』！」

勾青峰以爲田大錯最仗以成名的只是「落地分金」、「童子拜佛」、「五雷轟頂」三式，沒料到這一記「如雷貫耳」，更是犀利，勾青峰這一下接下來，已被打入地下至胸部，掙扎不得，簡直就是樁子。

田大錯哈哈笑道：「這才是跟剛才一樣了，再接我一記『雷行電閃』！」勾青峰自忖必死，沒料到田大錯還有這招，再接之下，鐵枷一齊震飛，落在數丈的地上，已活像一塊破銅爛鐵；原來田大錯這「五雷轟頂」、「如雷貫耳」、「雷行電閃」是一連三式，招名爲「雷殛三式」，是田大錯近年來最得意自創的新招！

田大錯見這三下只能把這勾青峰打入地下及胸，雙枷震飛而已，心中大是不悅，忽然飛起丈餘高，運足力量，雙手握拳，打將下去，一面喝道：「看我的『大種蕃薯式』！」

勾青峰嚇得三魂去了七魄，只得用雙掌硬接，「轟」地一聲，勾青峰真的被種入地心去，只剩下幾隻手指頭，在些微掙動著。

田大錯大喜雀躍道：「好哇！我又創了一招啦！這招實夠力道，叫什麼來著？對了，地瓜就是蕃薯，就叫『大種蕃薯式』吧！」

這時一名山賊不知死活，一刀向他砍去，田大錯一招「霸王拉弓」，抓住他的頭一扯，那人昏了八成！又有三人，揮刀砍來，田大錯這招「左支右絀」，兩人一聲悶哼，各自噴出一口血，還有一人逃之不迭。

那四名軍士大發神威，也殺倒了四名山賊，剩下的二十六個山賊，人人自危，反給那四名軍士迫住了。那邊「咕髮」一聲，「金蛇槍」孟有威已給白欣如的「素女劍」逼得手忙腳亂，白欣如趁機出手封了他的穴道，田大錯趨前，本就恨這孟有威暗算於他，正欲一掌斃之，白欣如擺手道：「萬萬不可。這『連雲寨』對咱們並無惡意，他們人多勢眾，我們需留點情面才好。」

田大錯點頭道：「好，那我把這兩個小子押回去見將軍。」

田大錯走近那封在地下的勾青峰，雙手挾住他的手指，用力一拔，「嘩啦」一聲，勾青峰脫土而出，但一口一鼻都是泥土，竟已焗暈過去了，田大錯笑道：「你這老小子還未死哇！」

白欣如以劍抵著孟有威的頸項，大聲道：「『連雲寨』的聽著，你們的兩個寨主，都給我們擒住了，還不回寨報訊，耽在這裡送死麼？」

那二十名山賊，一見兩個頭兒被擒，嚇得忙不迭腳底加油，走個乾淨，那四名軍士死裡逃生，無不暗自捏了一把冷汗。

於是白欣如、田大錯與那四名軍士，背了那勾青峰、孟有威，直趕時震東那兒去。

田大錯一到，只見黑壓壓的都是人，圍在一個圓圈，圈內二丈餘空出雪地，兩人正在打得飛砂走石，好不駭人！

只見這兩人，一個銀髮銀鬚，矍爍威武，正是伍剛中；另一人黑臉黑衫，精悍沉著，不知是誰。

田大錯一見有人與自己的人交手，即不顧一切，大喝一聲：「看我『大種蕃薯式』！」金衣一閃，一招新創絕招，直蓋向那黑衫人！

五　三陣決勝

原來在白欣如與周冷龍分頭去救援田大錯、柳雁平二隊的時候，鐵手等抽籤，結果是：

第一場：鐵手戰阮明正。

第二場：伍剛中戰勞穴光。

第三場：周白宇戰戚少商。

這一下來，時震東等都知道，除了鐵手對阮明正那一場較有把握，其他二場，都是勝負未卜：末一場的戚少商，尤其難鬥。就算是鐵手戰阮明正，阮明正足智多謀，詭計多端，一不小心，也極易落敗。

雖云是比武，但武功中又分內功、外功，內功又分吐納法、靜坐法、修行法、破敵法等等，外功又有指功、掌功、腿功、輕功等，何況十八般武器，外加三十二類奇門兵器，那一樣不是武功？於是又決定選出由誰「劃出道兒來」。劃出道兒來的意思是說，決定如何比試，當然最公平的方法仍是抽籤。

這次抽籤的結果是：第一場由阮明正決定，第二場由伍剛中決定，第三場由周白宇決定。

一切決定後，兩方再不打話，鐵手向阮明正拱手道：「有僭了。不知先生要如何比試？」原來鐵手見阮明正十分重義，心忖：此人雖無孔明之智，卻有武侯之義，這「賽諸葛」三字，還擔當得上，心中很不想傷他。要知道三國時孔明，不單智略無雙，而且也義薄雲天，為劉備出生入死，不知贏了多少戰役，創出多少舉世震驚的智略陣法，而且鞠躬盡瘁，明知阿斗無用仍苦心培植，一生從未負過劉備，真是智、勇、信、義俱全的偉人。

阮明正長嘆道：「鐵兄，在下自知不是你之對手，但為敝寨，亦只好獻醜一戰了。」

鐵手沒料他如此自挫銳氣，當下道：「這倒未必，在下能不敗於先生手下，當屬萬幸。」

阮明正道：「技不如人，夫復何言？鐵兄顧全在下面子，才如此說而已！」說著緩緩拔出一柄又厚又大的刀，道：「鐵兄既要顧全我，二十招之內，奪下我的刀便是贏了。」

鐵手心下暗忖道：敢情他明知不是我的對手，有言在先，只奪他的兵器，不致傷了他。當下道：「好，我們只是比試，在下斗膽試奪先生兵器便是了，如有未逮，尚望先生手下留情是好。」

鐵手一來也有意成全，二來這場劃出道兒的是阮明正，阮明正現在要求的光是以奪兵刃爲準，也不過份，鐵手有意成全，便一口答允，沒料阮明正喜道：「鐵兄答應在二十招之內，以奪得在下兵刃爲勝敗，多謝鐵兄相讓了！」

鐵手一怔，情知中計，對方說的是二十招之內奪下兵刃，自己一口答應，雖然沒說是二十招之內尚奪不下來也輸了，但也等於是同意了，鐵手已知中計，但此時反口，敵眾人多，本就不滿自己滿口狂言能二十招內奪得阮明正兵器，而今反悔，必遭口齒之辱，當下不動聲色，心中暗忖：阮明正武功不高，二十招內，要取其兵器亦不難，也不見得如何中計。阮明正大刀一橫，道：「請了。」

時震東等聽了那番話，知道鐵手乃中阮明正之圈套，心中暗罵阮明正果是老狐狸，一面擔心鐵手不能在二十招內奪得兵器，這第一場輸了，第二場、第三場便更不易贏。

眾人看見阮明正人輕體靈，竟執大刀，不知他是善於何種刀法，不禁都有些擔心起來。

鐵手不再答話，忽然搶前一步，右手直扣阮明正脈門，阮明正大吃一驚，暗道：「天下怎會有出手如此快之人！」連忙一縮手，倉促間身子不十分平衡，跌退三步，戚少商已然大叫道：「第一招！」

眾人見鐵手一招便逼退了阮明正三步，心中無不大駭。

阮明正才退得三步，鐵手已在他身前，又扣向阮明正之脈門！阮明正又慌忙身退，這次一退便是七、八步。

戚少商大叫：「第二招！」聲中也有錯愕之意。

鐵手攻到第七招，阮明正已退無及，忽然一個肘錘，反撞向鐵手的胸膛！

鐵手易指為掌，一掌反拍過去，原料後發先中，阮明正不得不收招自救，自己便可在第九招裡把阮明正的大刀奪下。

殊料阮明正根本不理會鐵手那一掌，仍一肘撞來，鐵手猛地心中一動：自己答應過只能奪他兵刃，不能傷他，若傷了他，反而是自己背信，所以阮明正根本不閃不躲；鐵手大吃一驚，及時收掌，仍險險封住了阮明正那一肘。

這時戚少商大叫道：「第八招，第九招！」要知道鐵手出掌半招，也算一招，反掌封肘，又是一招，無疑是等於白費了兩招！

鐵手這一封，阮明正便得以反攻，大刀一掄，別看他身材瘦小，竟舞得「呼呼」有聲，一連三刀，砍向鐵手上盤、中盤、下盤！

這三刀方位不變，竟一連奪人上、中、下三盤，單止這手刀法，已屬難見，眾人叫了一聲好。要知道阮明正不像鐵手，出手時有多少招的限制，只要能攻，便可以盡力搶攻！

眾人才喝了半個「好」字，忽然刀光一滅，鐵手竟以五指緊箝住刀身，這三刀疾快無倫，鐵手仍一手拿住，更是難得，眾人又爲鐵手喝起采來。

戚少商的聲音仍穿過眾人大呼，清清晰晰的傳了出來：「第十招！」

阮明正忽然左拳一掌，向鐵手擊去！

鐵手右掌陡起，正切在阮明正左臂上，忽然，又是心中一動：如他這一掌切傷阮明正的左臂，阮明正的左掌自無力擊出，但卻是自己言而無信，傷了阮明正，縱奪得兵刃，也算不上贏了，只好收掌閃身，讓過這一掌，但他左手仍扣住阮明正的大刀不放。

戚少商這時大叫道：「第十一招、十二招！」這時二人已打到酣處，眾人無不凝神以視。

鐵手既扣住阮明正大刀，便不輕易放棄，正欲一扯，把刀奪到手來，阮明正卻忽然連人帶刀，向鐵手衝了過去！

鐵手既不能傷他，又不能纏戰下去，阮明正這一衝來，若撞不中鐵手，少不免也會被手中大刀割傷，鐵手長嘆一聲，知道無法僵持，只好撒手身退，讓過來勢！

這時眾人都看得出，阮明正是有恃無恐的打法，鐵手卻是諸多避忌。戚少商已然叫道：「第十三招！」

鐵手身形甫退，突又如脫弦之箭，飛了上來，一把手又扣住了刀身，阮明正沒料到鐵手一進一退之間，是如此之快，方才穩定了前衝的步伐，刀未舉起，便又被鐵手拏住，當下急中生智，忙用力旋轉刀身。

這時鐵手正以手抓刀身，只要阮明正一旋轉刀身，只怕鐵手右手便得廢了。阮明正用力一旋，刀竟絲毫不動，原來鐵手的手，真如鐵箝一般，緊緊握住刀身，絲毫旋動不得。

鐵手吐氣揚聲，猛喝道：「撒手！」用力一抽，「錚」地一聲，那柄大刀便被他劈手奪到。這時只聽戚少商已算到第十五招了。

鐵手一奪刀，忽覺刀風襲臉，以爲阮明正不守信義，再取刀攻擊，吸了一口氣，倒飛七尺，猛地一呆，自己手上所拿的，只是一柄空心大刀，沒有刀柄，而阮明正手上卻是一柄小型薄刀，顯然是先前已置入大刀套中的。

鐵手又驚又怒，戚少商已算至第十六招了，也就是說，還有四招，鐵手還奪不下阮明正的刀來，鐵手便算是輸了。

阮明正刀中藏刀，鐵手始料不及，但原先的比試說明是「二十招之內奪得手上兵器」，而阮明正此刻手上仍有刀，雖是使詐，但絕不是輸了。

鐵手知道這阮明正狡詐多端，刀中只怕仍有藏刀，唯一辦法，是在這四招之內，逼其撤刀。

時震東等眼見鐵手明明得手，卻奪了柄刀殼，又浪費了一招，不禁大為惋惜，不由自主都「啊」了一聲。

寨眾見鐵手手中已搶得一刀，以為三寨主敗了，定眼看時，三寨主刀仍在手，不禁一齊歡呼。

阮明正一刀不中，知道鐵手只剩下四招，而又不能毀約傷害自己，心想，就算你武功再好，我只把刀藏在身後，硬是不給你抓到，四招之內，你又奈得了我何？甚至用一己之身攔截，你也不敢傷我，一旦傷我，那便是你輸了，不是我輸了，說什麼也得給「連雲寨」贏得這一仗。

阮明正把心一橫，刀橫背後，看鐵手如何來攻。猛地鐵手發出一聲大吼，阮明正被震得神遢魂飛，目瞪口呆，觀看的眾人也是一震，「連雲寨」幫眾無不「蹬，蹬，蹬」退了三步，前排的三、四十人，竟被這一聲大喝，震得咕鼕倒地。

眾人見過鐵手以內力震傷「連雲寨」五寨主「千狼魔僧」管仲一，仍未料到他的內力如此充沛，但在吼聲中，隱約傳來戚少商的聲音：「第十七招！」戚少商把這一聲大吼，也列爲一招，實是無理至極；但在這一聲宛若雷殛的大吼裡，戚少商的聲音依然不減，其內力亦可想而知何等雄長了。

鐵手大喝了這一聲，阮明正一震，如五雷轟頂，一時心智暫失，鐵手一閃身，已至其身後，出手如電，已扣住了阮明正右手脈門！

這竄身出招，捷若遊龍，分明是同一招，換作平時，鐵手用這一招忽然轉到敵人背後出擊，縱使戚少商再狡猾，也只得把這一招算成一招：第十八招！

鐵手一扣住阮明正手腕，內力一逼，意圖震開阮明正五指，使他單刀嗆然落地，豈料他內力一催，阮明正的五指果然陡地震開，但刀卻並未落地。鐵手一看，勃然大怒，原來刀柄有五個鐵環，扣在阮明正的五指間，除非把阮明正的五指都削去，刀才會離手，但這樣一來，又等於是傷了阮明正，也等於是輸了。

這時眾人也看清楚了阮明正指上鐵環，驚嘆一聲，鐵手知道自己僅有兩招，機會無多，阮明正這時也已恢復過神智，毫不理會脈門被扣，左手一拳向鐵手門頂擂來！

鐵手此時只要稍加運力，即可傷了阮明正，截住這一拳，但他苦於不能傷阮明正，只好一仰身，避過一半，戚少商大叫道：「還有一招！」本來江湖人指明多少招敗人，指的是攻招而不是守招，而今戚少商把招架閃避也算在內，無疑這是鐵手事先未說明之誤，眾人明知戚少商使詐，但也難作指責。

鐵手這時忽然鬆開阮明正的右臂，阮明正一反手，刀向上削鐵手之臂，鐵手並不避開，五指一彈！

「噗」，刀砍在鐵手的左臂上。

「格格格格格」，一陣連響，跟著「嗆」一聲，阮明正的刀已然落地，半途已給鐵手接住。

阮明正的臉色一陣紅，一陣白，說不出話來。

鐵手的左臂沒有流血，手臂的衣衫被削開了一大片，但鐵手的肌肉，全無損傷，戚少商長嘆道：「第二十招！佩服！佩服！」

原來鐵手一鬆阮明正的脈門，是誘他撩刀上削，這時必握柄不實，鐵手五指一彈，竟把阮明正指上五環彈斷，並聚力於臂上，阮明正這一刀砍中鐵手，如劈鐵條，阮明正因五指有環，本就無全力握刀，又因反刀上撩，所以握得極其不穩，這一震之下，刀鬆脫，嗆然落地。

鐵手在第二十招裡奪去了阮明正手中之刀。

但鐵手以指斷鐵環，以血肉之軀，硬捱一刀並震飛一刀，敢情他的手，竟比鐵還硬？

時震東等見鐵手獲勝，歡呼一聲。「連雲寨」的人也是敬重英雄的，眼看鐵手在絕不可能的情形下獲勝，也不禁替他喝采起來。

鐵手突然拱手道：「承讓，承讓。」

阮明正臉上陣紅陣白，好一會才頹然嘆道：「鐵兄好說，我阮明正遇戰沒一千也有五百，這一仗，輸得最心服口服。」因爲他以話套得鐵手以二十招內締奪他兵刃，又利用鐵手不傷他的允諾，狠命反攻，而且力盡其事，不讓鐵手奪得兵器，不惜刀中藏刀，刀柄鐫環，除非是五指俱斷，才能被脫去兵器，不過這一來也等於是傷了他。

可是最後仍是在二十招之內，兵刃脫手，阮明正實輸得無話可說。

伍剛中這時大笑步出，朗聲道：「該我出場領教『連雲寨』絕技了！」

那二寨主勞穴光沉著臉沉著氣地走出來，雙腳一張，站得雲停嶽峙，殺氣大盛，只向伍剛中一拱手，淡淡地道：「伍寨主，有僭了。」

伍剛中端詳了勞穴光一下，大笑道：「你是寨主，我也是寨主，哈哈哈，這一仗，有意思得很呀。」要知道這「虎嘯鷹飛靈蛇劍」勞穴光，在「九現神龍」戚少商未登山寨之前，便是這「連雲寨」的大寨主，「連雲寨」那時便聲望直追「南寨」，大有並駕齊驅之勢。後來這戚少商來了，「連雲寨」的大寨主，聲望便在「南寨」之上。可見這勞穴光，說什麼也非好惹之輩，伍剛中雖上了年紀，但性情剛烈喜動，最喜歡遇上敵手，見到勞穴光，心中躍躍欲試已久。

勞穴光冷冷地一哂，道：「請伍寨主劃道。」

伍剛中大笑道：「你外號『虎嘯鷹飛靈蛇劍』，是內力深、輕功高、劍法快，咱們就來比比內功、輕功、劍功如何？」

勞穴光正中下懷，因他也深知伍剛中外號「三絕一聲雷」第一絕是內力，第二絕是輕功，第三絕是劍術，剛好與自己三樣擅長的相同，但心中暗忖：伍剛中年事已高，只怕不宜久戰，自己體力旺盛，內力持久，高去低來，絕不會氣喘心跳，運起蛇劍，以快打快，勝算在握，當下沉聲道：「好。」

伍剛中「哈、哈、哈」笑了三聲，說：「說打就打了！」一掌拍出。

伍剛中在江湖上，是以快劍出名的，他的弟子，尙且在江湖外號已叫做「電劍」，他本人出手快不快，可想而知，但伍剛中這拳擊出，卻十分緩慢，氣勢凝重，隱有風雷之聲，與快劍截然不同。

勞穴光也沒有閃躲，冷哼一擊，一掌反拍過去，他這一掌，看來只是隨手一聲，但隱有虎嘯龍吟、山雨欲來之聲勢。他外號中有「虎嘯」二字，真個沒有叫錯。

「拍！」二掌相擊，伍剛中連退三步。勞穴光臉色大變，身體搖擺不已。同時間，伍剛中又擊出一掌，勞穴光也一掌迎去。

「砰！」地上陡地昇起一柱飛雪，震起足有七尺高，才飛濺落地！伍剛中臉色大變，搖擺不已，大聲地喘了幾口氣，而勞穴光卻一連退了七步。

勞穴光七步一止，竟又衝前，一掌劈出，不容片刻緩息，這一掌擊出，虎嘯之聲大作，十倍於第一掌。伍剛中大喝一聲，猶如雷擊半空，也是一掌擊出，聲勢更是凌厲！

「隆！」這掌相擊，勞穴光與伍剛中二人僵立當堂，竟以各人體內功力互拚不休，而兩人身後三尺之遙，各自拔起一柱雪泥，足有丈餘高。

這二人掌力之猛，由此可見。

伍剛中和勞穴光，兩人的掌力都同走剛猛的一路，所以一上來就想以本身內力摧倒對方，但棋逢敵手，一時高下未分。

伍剛中覺得勞穴光比自己年輕，內力火候可能不夠深厚，故接掌之後，更圖以內力逼之，但覺對方內力源源不絕，心中大驚。

勞穴光本以爲伍剛中掌力威猛，但必年老力衰，故也圖以內力催之，不料對方內力連綿不斷，不住湧來，不覺也爲之失驚。

這一來，就變成兩人以內力相拚，一時相持不下。

兩方掌力一旦相交，就難再撤掌身退，一旦有一方貿然撤掌，不但對方掌力乘虛而入，自己的掌力也極可能被對方掌力反侵之下，傷了經脈。

所以這種拚內力，除非是雙方同時撤掌，否則就得等另一方力盡而亡了。

所以一般人，絕少一上來就用這種大傷真元的拚掌，而伍剛中與勞穴光，都是同一條硬性子，所以一上來就拚個不休，如果撤掌，便跟認輸也差不多少，只好硬著頭皮拚鬥下去。

群雄待要阻止，但勝負未分，這一出手，只怕會引起諸多誤會，伍、勞二人也必然不悅，而出手也未必能分得開他們，倒是極可能會反被二人的內力所震傷；一時只得作壁上觀，心中很是焦急。

只見兩人頭頂升起裊裊白煙，二人周圍十尺之內，冬雪盡融，二人竟愈來愈下陷，雙掌卻分不開來。

這時大雪紛飛，落在他們二人的身上，紛紛自碎成雪片，漫天激飛，好不驚人！

這時田大錯恰好回來，看見二人打得飛砂走石，不明就裡，半空大喝一聲，一招「大種蕃薯式」便砸了下去。

眾人吃得一驚，陡聽一聲大喝：「你也接我一記『小拔蕃薯式』！」只見一個穿黑盔甲長相極其威武的黑臉大漢，虎地撲了出來，雙拳握在膝間，認準田大錯落下之勢，「虎」地劃了半個圈，倒拋了上去。

這人正是天生神力，「連雲寨」的四寨主「陣前風」穆鳩平。

原來伍剛中與勞穴光這一場捨死忘生的決鬥，人人屏息靜觀：但這一場戰鬥夠劇烈，表面卻不精彩，許多武功輕微的寨徒們，都不知伍、勞二人在幹什麼？穆鳩平當然知道這兩人拚內力了，不過他天性好動，無耐心久看，所以東張西望，一見田大錯奔來便已留上了心，即時出手，反而戚少商、鐵手等來不及他快。

穆鳩平見田大錯這一招「大種蕃薯式」，聲勢驚人，他自恃神力，從不服輸，當下倒反了田大錯的招式，自下向上迎了上去，稱之爲「小拔蕃薯式」，有心跟田大錯過不去。

「碰！」二人四拳上下相擊，這聲震耳欲聾的巨響過後，田大錯飛得半天高，落在三丈外，穆鳩平也像勾青峰一樣，被打入雪地中，沒及前胸，呆在當堂！

只不過田大錯落得下身時，被震得頭昏眼花，一跤摔在地上，不像原先對付那勾青峰一樣，可以使對方無喘息的機會一般打下去。而穆鳩平一時也出不了土，兩人這一擊，可以說是旗鼓相當。

不過田大錯這一擊，卻解了伍剛中與勞穴光互拚殆盡的危機，因爲田大錯這一擊，勢若奔雷，勞穴光自知無法倖免，寧可被伍剛中掌力撞中，還有生機，若給這傢伙在門頂一轟，則是死定，所以急急收掌。

沒料伍剛中見有人偷襲勞穴光，伍剛中爲人剛正，又與勞穴光拚掌一陣，暗暗賞識對方的內力渾厚，不想撿這個便宜，也馬上撤掌。

兩人同時撤掌，收勢不住，一連退出七步，不過都沒有受傷；內力這一場，算是拚個勢均力敵。

只是勞穴光心中知道，若不是伍剛中及時撤掌，自己非受重傷不可，心中大是感激。

這時白欣如急躍入場內，「千狼魔僧」管仲一冷笑道：「想三打一麼？只怕夠不著咱們人多！」

白欣如抱拳笑道：「管大師那裡的話，只是這位田爺剛剛趕至，不知道二寨主與伍老英雄在一對一比試，才貿然出手，實在對不起，請諸位恕罪。」

這時時震東已喝令田大錯歸隊。眾人見白欣如乃女子，既然勞穴光絲毫無損，戚少商也看得出是伍剛中手下留情，不討這個便宜，也不便發作，只好笑道：「好說，好說，不知者不罪。」

那邊的穆鳩平也用力自土中拔身而出，瞪著田大錯，喃喃地道：「好大的臂力啊！」田大錯也瞪了他一眼，道：「好大的膂力，好漢！」兩人竟有些不打不相識，惺惺相惜了起來。

白欣如招呼一聲，那僅剩的四名軍士把「紅袍綠髮」勾青峰和「金蛇槍」孟有威背來，白欣如道：「適才這兩位寨主有些誤會，殺了我們六人，不得已只好相擒，請戚寨主原諒。」

戚少商知道白欣如這番話乃指勾、孟二人偷施暗襲，又殺了人，所以怪不得人家會自衛傷人，一時無話好說，阮明正卻命人扶過勾青峰、孟有威二人，佯怒罵道：「你們二人，就只知道惹事生非，白姑娘等是我們寨裡的朋友，怎得無禮！」

時震東明知道阮明正是在做戲，不過也只得留給對方一個面子，免得對方惱羞成怒，壞了大事，道：「這也難怪，是咱們行動太莽撞了一些，事前未送拜帖，實感歎意。」

阮明正也趁勢罵了孟有威、勾青峰幾句，便不了了之。

勾、孟二人有口難言，明知是大寨主派他們伏襲的，但又難以分辯，不過帶了七、八十人，還擒不住十一個人，也自知罪，不敢反駁。

「連雲寨」眾徒見白欣如這麼一個纖小秀姿的女孩兒家，居然把六寨主、七寨主手到擒來，本來佻撻的神色，一下子成了仰慕。

那邊的勞穴光和伍剛中已比到第二陣了，只見勞穴光伸手入懷，掏出一枚銅錢，冷冷地道：「誰拿到這銅錢，誰的輕功最高！」猛地一拋，竟拋了三丈高，正在二人之間。

勞穴光長身而起，伍剛中也同時躍起，只聽虎嘯龍吟，兩人同時升起！

伍剛中以拇食二指，急扣銅錢，勞穴光怕給他扣住了，猛地中指凸出，把銅錢又頂出丈高！中指是比拇食二指長了一小截，所以勞穴光先彈中銅錢，伍剛中這一扣便落空了。

伍剛中怒吼一聲，居然猛一吸氣，憑空再昇一丈；勞穴光也一樣不弱，一提真氣，居然躍過銅錢，回手一抓！

這時伍剛中也正出手抓銅錢，見勞穴光的手已伸到，見他居高臨下，怎讓他奪得銅錢，當下即易爪爲切，一掌削向勞穴光的五指！

勞穴光情知這一下若是給伍剛中切中，非五指齊斷不可，當下顧不得抓住銅錢，只好一縮，伍剛中一切不中，又易掌爲抓，數易之間，變化極快，又無跡可尋，似本來就是一抓而已。眾人心中，大是喝采。

眼看伍剛中就要抓到銅錢的時候，勞穴光身子已下沉，一足踢向伍剛中的手，而且後發先至，伍剛中大吃一驚，情知若給他踢中，這隻手便沒了，只好急縮手。銅錢已上升到頂峰，餘力全盡，向下落了下來。

勞穴光已先下沉，見銅錢落下，伸手一撈；伍剛中急運「千斤墜」之力，使下墜加快，一腳踩向勞穴光的脈門。勞穴光又只好抽手，伍剛中下落之勢更快，已沉到勞穴光腿下，勞穴光急運起「地虎功」，向下猛沉！

伍剛中本來準備先落到地下，奪得銅錢，腳尖跕地，正仰接銅錢；勞穴光急一腳踹出，那銅錢被踢斜飛出丈外！伍剛中身子一震，斜飛而出，勞穴光同時貼地飛去。

兩人一上一下，齊平掠撲，都是電光石火間的工夫，已交換數招，而今兩人一齊斜飛，十分好看，眾人大喝起采來。

眼看銅錢勢盡，勞穴光和伍剛中同時出手，伍剛中左手抓，正要沾到銅錢，勞穴光的右手已閃電般扣住他的脈門！勞穴光嘿嘿一笑，左手一伸，眼看就要抓住銅錢，伍剛中右手一扳，也同時扣住了勞穴光的左手脈門，兩人一時相持不下，銅錢終於落地。

眾人迄此，不覺同時發出一聲輕噓，十分惋惜；伍剛中與勞穴光互相狠狠地瞪視著，好一會才一隻手指一隻手指地鬆了開來。

伍剛中「哈哈」一笑，勞穴光冷冷地道：「好輕功！」伍剛中笑道：「你也好！我們再來比第三場！」語音渾壯。他年紀雖大，但經一連兩場劇烈的比試，居然還元氣豐足。

勞穴光心念一轉：自己畢竟是年輕力壯，無論伍剛中武功再好，再打這第三場，只怕要真氣不繼，自己便有機可趁了，無論如何，這勝負之決，都在第三場。

伍剛中的想法也是一樣，不過他覺得對方內力和輕功都極佳，可是比劍不同，要憑應敵經驗，伍剛中自恃劍法比勞穴光有更豐富的經驗。

當下反手拔出厚劍，竟「嗡」的一聲，本來拔劍有兵刃破空之聲，是每個劍術名家都能做到的，不過伍剛中使的是一柄兩寸餘闊，幾乎半寸厚的大劍，居然也如急電劈空，可見其劍法之神乎其技。

勞穴光冷哼一聲，「呼」地拔出長劍，只見金虹一抹，仍逕自震動著，劍身竟是彎彎曲曲的像一條蛇的身子，伍剛中脫口道：「好！靈蛇劍！」

勞穴光冷哼道：「還有『靈蛇劍法』！」「嗤」地一劍，竟快若迅雷，已刺向伍剛中。

伍剛中一掣腕，長劍一橫「錚」地星花四射，勞穴光的劍已刺在伍剛中的厚劍劍身上。

伍剛中一面擋過這一劍，「嗤嗤嗤」反刺了三劍！伍剛中的劍雖然沉厚，但是劍法之快，令人連看也看不清楚！

勞穴光反劍一挑，劍尖挑在伍剛中的厚劍劍身上，厚劍又快又沉重，可是勞穴光這幾劍，竟似擊中蛇之三寸，被「四兩撥千斤」的撥了出去。伍剛中的三劍都被挑去，勞穴光立時還了五劍，這五劍刺得十分奇怪，似蛇一般，開始是彎彎曲曲的，一旦攻擊，卻歹毒無比！

伍剛中一連橫劍五次，這五劍都被擋了回去，又反刺七劍！

勞穴光蛇劍連閃，一連挑了七挑，這七挑都把伍剛中的劍挑了回去，即刻又反攻十劍。

兩人越打越快，劍法越來越精，出劍越來越多，到後來連劍光也看不到了，漫空都是「嗤嗤」的劍風之聲，連人影也看不見。

眾人看得驚心動魄，而這兩人打到後來，也不知發了多少劍，鐵手暗暗心驚，心道不妙，只怕伍剛中年老力邁，戰久必憊，只怕不如勞穴光持久。

戚少商也是心中暗驚，因爲久鬥之下，伍剛中與勞穴光二人本功力相當，但伍剛中行走江湖四十餘年，也不知身經多少戰陣，久戰下去，伍剛中的經驗，要在勞穴光之上，只要勞穴光萬一不防，就得輸招。

忽然二人身影驟然止歇！

大家定睛望去，只見勞穴光、伍剛中二人氣喘呼呼，臉色陣紅陣白，伍剛中的厚劍正指著勞穴光的胸膛，只離半寸；而勞穴光的「靈蛇劍」也指著伍剛中的眉心穴，也只離半寸。

原來這兩人鬥到最後，伍剛中有些力不從心，只好假意氣力不繼，正要絆倒，勞穴光以為得手，不防伍剛中的劍已刺著他的胸膛，可是畢竟氣力不繼，出手一慢，勞穴光的劍也指著了伍剛中的眉心穴。兩人一時僵住。

戚少商呆了一呆，疾聲叫道：「點到為止就好了！」他怕二人發狠，提劍刺了下去。

時震東朗聲道：「這一戰應是和局。」他倒是因為鐵手既已贏了第一場，第二場若是和局，只要第三場不敗，便算己方勝了；萬一敗了，也只不過是鬥個平分秋色而已，對自己仍是大大有利。

伍剛中與勞穴光二人緩緩收劍，喘息漸平。

伍剛中道：「好劍法。」

勞穴光道：「你也是。」

兩人深深地對望一眼，均有些英雄相重起來。

要知道二人三樣擅長的武功：輕功、劍法、內力，都鬥得個旗鼓相當，都不由自主的有些欽佩對方。

這時「北城」城主周白宇與「九現神龍」戚少商卻已緩步入場。這決定勝負的一戰，也即將開始。

◇◇◇

話分兩頭，柳雁平殺了「雙刃搜魂」馬掌櫃後，力戰「霸王棍」游天龍與十幾名嘍囉，那邊的軍士，又倒斃了一名，只剩下兩名軍士，對十五名強盜，展開困獸鬥。

柳雁平一人對十幾人，憑著一柄快刀，與輕靈的身法，那十幾人也奈不了他的何。久而久之，他砍倒了一人，再劈倒了一人，剩下游天龍和九名嘍囉，仍對他苦纏不休。

他知道再這樣打下去，他要殺了這九名嘍囉，也得是半個時辰以後的事，可是那兩名軍士，隨時都支持不住，一旦那兩人倒下了，那十幾個強盜又圍了過來，那時就算有三頭六臂，只怕也得筋疲力盡，寡不敵眾，束手就擒了。

正在這時只聽一聲怒叱，一人掠來。

圍困那兩名軍士的其中三名嘍囉，忽然看見前面多了一個相貌威武的人，竟然似有三隻手，一呆之間，三個人已被摔了出去。這三個人當然是會家子，雖然摔出去，半空中仍竭力企圖翻轉過來，以腳先落地，沒料這摔出去的力量十分怪異，手法又奇準，三個人對準三塊鋪著雪花的石頭撞去，頭殼破裂，登時斃命！

只聽柳雁平喜呼：「周副將軍！」

這來人便是周冷龍。

周冷龍外號「三手神猿」，是指他與人對敵時，宛若有三條手臂，一齊出手時，十分怪異，像千手觀音，連看也看不清楚。

至於「神猿」二字，也正合乎他武功的路子，他這套武功是從猿猴相搏時悟出來的，近乎長拳，擅摔交相撲，身法靈巧，像這摔那三名嘍囉的一招，那三名嘍囉想半空翻身，又談何容易。要知道猿猴是最擅於翻筋斗，猿猴相搏時，早料及對方能安然落地，所以力量用得出奇的巧妙，否則摔跤便無效，那三名嘍囉縱是猿猴，只怕也跌得個屁股開花，這三人半空一翻動，便成了肝腦塗地。

周冷龍一閃身，又攔住了三名山賊，其中一名山賊見周冷龍一個照面便殺了三個同伴，大驚閃開，另二人不知死活，舉刀就砍，「呼呼」二聲，又被摔出丈外，筋骨斷裂，立時身死！

六十一 劍戰

周冷龍又一長身，再攔住了三個山賊，那三人中兩人都見過周冷龍的厲害，馬上閃開，另一人一呆之間，只見三隻大手在眼前一晃，被提了起來，直向另一名嘍囉擲去。

這嘍囉的刀，「噗」地刺入另一名嘍囉的身子裡，那嘍囉怒叫一聲，瀕死前也一刀砍了下去，同歸於盡。

周冷龍這時連發神威，瞬間已殺七盜，其他想圍向周冷龍的人都紛紛走避。周冷龍舒臂連抓，已抓不到，猛地嗆然出劍，三道劍光，同時長空劃過，三名山賊，慘叫倒地。

周冷龍冷哼一聲，趕向柳雁平那邊的戰團裡去。

這時周冷龍一出現，便殺了十名強盜，只剩下五名強盜，氣勢大減，那兩名軍士見周副將軍到來，不禁大喜，抖擻精神，反而困住了那五名強盜。

周冷龍一到，三道劍光一閃，兩名嘍囉又慘叫仰身倒下，一轉身，又刺出三劍，「叮叮叮」三響，這三劍竟給人硬生生擋了回來，周冷龍一看，這人正是「霸王棍」游天龍。

游天龍眼見好不容易才佔到了先機，竟給周冷龍破壞殆盡，狂怒攻心，舉棍就打。

周冷龍「唰唰唰」一連數劍，迫住游天龍，一面道：「柳統領，你收拾那干小兔崽子便可。」轉過來向游天龍道：「你名字裡有龍，我名字裡也有龍，看我這條龍來收拾你這條龍。」

這邊的柳雁平，只覺壓力大減，快刀連攻，又倒下三名嘍囉，只剩下三名嘍囉，那敢戀戰，嚇得轉身就跑，但又怎快得過柳雁平的輕功，終於全數被殲。

柳雁平又提刀加入那兩名軍士戰團中，不消片刻，全數的賊盡滅，只剩下游天龍，正左支右絀的苦戰「三手神猿」周冷龍。

周冷龍的武功，本在柳雁平之上，柳雁平的武功，卻又在游天龍之上，游天龍的武功與周冷龍相比，自是相去一大截。

戰到酣處，周冷龍忽然道：「照打！」游天龍以爲是放暗器，匆忙閃避，誰知並無暗器，周冷龍的長劍卻逼將上來，又殺了幾招，周冷龍又是一聲：「照打！」

游天龍匆忙閃躲，但又是全無暗器，又殺了幾回合，周冷龍隨便一提手道：「照打！」

游天龍以爲又是虛幌，不再上當，沒料到十七、八種暗器同時飛來，游天龍一來不知對方這回真的放暗器，二來做夢也沒想到能有人一手放十多種各式不同的暗器，匆忙間舞棍力擋，十一、二件暗器被震落地上，但有五、六件暗器仍打在游天龍的腿上、腕上，臂上、踝上、肩上、膝上。游天龍痛入心脾，再也握棍不住，痛倒在地，柳雁平提刀要來殺，周冷龍用劍一攔，順手點了「霸王棍」游天龍的四處穴道，叫他動彈不得。

周冷龍、柳雁平等久戰疲乏，故叫兩名軍士歇息了一陣，然後才回到那群狼攻擊主隊的地方，只見戚少商和周白宇兩人正打得驚心動魄，劍氣橫飛。

原來這時戚少商已和周白宇打了起來，兩人比的是劍法，周白宇的「閃電劍法」，真是閃電驚虹，戚少商也不敢輕敵，手執一柄淡青色的長劍，宛若一條青龍，漫天游走，與周白宇手中電掣般的白光，鬥得煞是好看！

鬥了約五十回合，戚少商的劍法詭異多變，出擊角度令人意想不到，劍意輕靈；可是周白宇的劍法委實是太快了，戚少商往往能找到對方的破綻，但一瞬即過，戚少商根本攻不及，就算攻得及，周白宇的劍也後發先至，自己不得不先封架後出擊，那時破綻早已不存在了。

鬥到七十招，戚少商哈哈一笑，道：「『閃電劍法』，果然厲害，瞧我的『一字劍法』！」劍招忽然一變，招招都是直刺急戳，迎向周白宇的劍勢。

原來這戚少商，確是天稟過人，每逢一見厲害的武功，就能想出一套破敵之法。平素他接人一招，下一招便可自創劍法毀之，但周白宇的劍術實在太快太精，戚少商與他鬥了七十招，才創出一套「一字劍法」來破他！

周白宇的「閃電劍法」，主要在快，以最快的速度，最準的角度，最短的距離，刺中敵人。所謂「一字劍法」，乃是集所有以「一」字爲名的劍招，這些劍招或許並無什麼奇特之處，但凡以「一」字爲名的招法卻多數走直刺橫戳的路子，橫迅直急，正好與「閃電劍法」相生相剋。

周白宇一劍「電閃星飛」直刺來，來勢之急，無可比擬，正像長空一轉急電，戚少商卻把劍橫拖，正是「一葦渡江」把周白宇的劍引開。

好個周白宇，猛地把劍勢一側，迴刺過去，便是「閃電劍法」中的「金蛇遊走」，漫空劍光，方才一劍，又是一劍，戚少商卻一招「一指中原」，在周白宇長劍轉側未刺出之際，「叮」一聲已頂中其劍身，周白宇的「金蛇遊走」便使不出來。

戚少商一劍得手，更不饒人，「唰唰唰」一連三劍，「一決雌雄」、「一念之差」、「一觸即發」，這三招把周白宇逼退了三步，果然「閃電劍法」善攻不善守，戚少商心胸了然，使「一觸即發」的末勢凝立不動。周白宇一怔，迴劍便是一招「星光點點」，這一招宛若千點萬點星光，直向戚少商頭上罩落。

戚少商大喝一聲，忽然沖天而起，破盡星光而出，正是「一飛沖天」，劍往下一刺，「一點靈犀」，向周白宇頭部刺落。周白宇的「閃電劍法」，往往以快打快，攻得人自救不及，那能反攻？

可是「閃電劍法」既極難自守，戚少商反處處搶攻，周白宇及時一低頭，頂上頭巾，竟被挑去。

周白宇連看也不看，身子往後疾退，劍反擊刺出，向戚少商落腳處戳去，正是「倒射金龍」。

戚少商大吃一驚，沒料到周白宇反攻得如此之快，一招「一拍兩散」，劍尖及時在周白宇劍上一點，借勢躍起，避過一擊。

這一下，間不容髮，各人「啊」了一聲，戚少商已居高臨下，一招「一落千丈」，刺了下去。

周白宇借後衝之勢，一步滑出，險險避過一刺。戚少商喝道：「好！」竟一招「一瀉千里」，追刺了過去。

周白宇劍尖向後，不及迴劍，但他畢竟是使劍名家，一抖長劍，竟手執劍尖，以劍柄一招「長龍入海」反刺戚少商的小腹。

這招後發而先至，正是攻其所必救，戚少商也不禁爲之動容，但他瀟灑俐落之至，一迴長劍，便是一招「一見如故」，「叮」一聲，一劍抵在劍鍔上。

這一抵，因周白宇手執劍尖，若然不放，劍尖必傷及甚至削去雙指，周白宇只得一鬆手，戚少商這一招「一見如故」以巧勁迫周白宇長劍脫手。

周白宇乃何許人，劍一脫手，雙手翻飛，正欲以「九弧震日神功」力鬥戚少商。沒料戚少商忽然收劍一笑，周白宇一怔，心道：「難道他的意思是說自己脫手便算是敗了？這可沒有的事，比鬥之前，也沒有明文規定，況且就算劍法不如人，但自己的內功未必就輸給他了。」於是道：「得罪了。」雙掌一招「日照東昇」攻出。

戚少商就在周白宇一怔之間，忽然斂起笑容，一劍便刺了出去，原來這一招是左道旁門的「一笑傾城」，在一笑之間，令人防不勝防，猝然出劍，若是漂亮的女孩子使這一招，更能收效。

戚少商這一招刺出，竟對周白宇的雙掌不閃不避。

周白宇的「閃電劍法」，自是能後發而先至，但他手中已無劍，掌法有奇功，但不及劍快劍長，果然周白宇掌勁離戚少商還有一寸餘時，喉嚨便被戚少商的一招「一笑傾城」頂住了。

其實戚少商心中也是大驚，他本是趁周白宇一怔之間爭取主動，預料能在周白宇雙掌尚離自己身上半尺時劍尖已頂住對方，可是周白宇出掌奇快，只離自己身上一寸餘，掌勁已侵肌骨，若自己出劍再慢一些，那麼這場輸的，不再是周白宇而是他自己了。

眾人看得屏住了呼吸，迄此才透了一口大氣。

戚少商緩緩收劍，說道：「僥倖，僥倖。」

周白宇收掌長嘆道：「戚先生應變之法，是在下平生僅見。」

戚少商恭敬地道：「在下也贏得萬幸，若是真正的搏鬥，在下這一劍縱殺得你，但你雙掌只怕也一樣要了我的命哩！」

這三場比武下來的結果是：

第一場：鐵手勝阮明正

第二場：伍剛中和勞穴光

第三場：戚少商勝周白宇

這三場比試無論勝者、敗者抑或和者，都非常凶險。鐵手在最後一招裡始奪得下阮明正手中之刀。勞穴光與伍剛中三場力拚，飛砂走石，結果三和。而戚少商勝周白宇的那一場，也只是一髮之差，戚少商險勝半招而已。

鐵手忽然壓低聲音對時震東道：「將軍，下一場由在下出場一拚戚少商如何？」

時震東深知三場比試算和，必再比一場，對方必派出武功最高的「九現神龍」，時震東自忖武功勝不過周白宇，己方只有鐵手能與之一鬥，再者戚少商先前曾力鬥周白宇，而鐵手也挫敗阮明正，兩人都出力鬥過，都沒有佔上便宜，若自己派出一個沒戰過的，就算勝了，也勝得並不光采。

時震東當下大喜道：「此戰全仗閣下了。」

鐵手閃身而出，道：「適才三戰，一和一負一勝，貴寨再派一人，與在下交手一場，以決勝負如何？」

戚少商大步而出，哈哈笑道：「看來在下不免還是要一會鐵大捕頭了。」

鐵手抱拳道：「適才在下眼見戚先生劍法，十分仰慕！」俯身撿起周白宇地上光芒閃動的利劍，向周白宇道：「借用。」周白宇道：「不妨。」

鐵手又向戚少商繼續道：「在下想以劍來討教先生的劍術。先生使的是『一字劍法』，出招多少並無限制，在下則要在十招之內，取勝先生，若勝不了，便作負論。」

眾人一聽大驚，鐵手答應在二十招之內取阮明正兵器幾乎中計大敗，而今鐵手竟不知前車可鑒，大言不慚，竟要在十招之內，取勝戚少商！

時震東等都知道，這「四大名捕」中的鐵手，只擅於空手功夫，使劍只怕未必比得上冷血，而今他竟要用劍法來挫敗另一劍術大家，且自限在十招之內，著實未免太看不起戚少商了。

鐵手繼續道：「戚先生既用的是『一字劍法』，那麼我用的十招，也該設個限制，這十招第一招必須有個『一』字其中，譬如『如意門』的招法『一潭泓水』。第二招必須有個『二』字，如『飛鷹門』的招法『二度交鋒』。第三招必須有個『三』字，如『神鞭幫』的招法『鳳凰三點頭』。餘此類推；如戚兄用的不是『一字劍法』，便算是敗了。如在下不按照秩序，或不用依序排列的招式，也算是輸了，戚先生意下如何？」

戚少商出道以來，從未被人如此輕視過，心想，我戚少商今日不教訓你這傢伙都不行了。但他爲人精明，只怕是計，不怒反笑道：「鐵兄，你要在十招之內取勝我，不勝便作負論，不是太便宜我姓戚的嗎？」

鐵手笑道：「戚先生，在下也不敢取笑先生，實因在下劍鬥先生，全無把握，若十招不成，再打下去，只是自取其辱而已，所以找一個遁詞罷了。」

言下之意是說：他自知打不過戚少商，但十招總能支持的，十招過後，便算敗了，也敗得不算難看，是要戚少商留個面子給他。戚少商知道鐵手畏忌自己的厲害，不禁有些躊躇滿志，笑道：「好，好，那也行。」言下之意是說，你不想敗得難看，我也成全你。

伍剛中、時震東等見鐵手先行示弱，心中極爲不滿，時震東更後悔指派鐵手去打這一場。

白欣如一蹙眉心，想問周白宇，周白宇一擺手，滿懷信心地道：「我相信鐵兄定有深意。」

阮明正雙目一轉，他爲人極爲小心，問道：「鐵兄，你是說十招之內，要勝大哥？」

鐵手道：「不錯。」

阮明正道：「不勝如何？」

鐵手道：「便作輸論。」

阮明正道：「輸了如何？」

鐵手道：「在下與大家立刻便退回滄州。」

阮明正道：「若時將軍等不答允又如何？」

時震東心中暗道：自己是誓不相允的了；鐵手只向他望了一眼，道：「他們不走，我先走。」

阮明正心中想，只要鐵手走了，時震東等如失右臂，也起不了多大的作用，只要這煞星走了，那便好辦，於是又道：「大哥只准用『一字劍法』，是不是？」

鐵手道：「正是。」

阮明正道：「用多少招並沒有制限？」

鐵手道：「是。」

阮明正道：「但你也必須用第幾招招式內便得有那招的數字，而且那招還得是人所皆知不得自行創招，對不對？」

鐵手昂然道：「對。」

阮明正側著頭問：「若你不用或用錯了呢？」

鐵手道：「亦作負論。」

阮明正望了一望戚少商，戚少商一頷首，道：「君子一言。」

鐵手即道：「駟馬難追。」

◇◇◇

戚少商緩緩行出場來，笑道：「兄弟我可佔了你的便宜了。」

鐵手道：「先生先請。」戚少商心中暗忖：從一到十，當然是攻招，守的招數就不能算在內了，不過鐵手總不能只守不攻呀，若是這樣，也遲早必敗在他手下，當下笑道：「鐵兄僅有十招，自當珍惜，只好由我先拋磚，期以引玉了。」嗆然出劍，劍若游龍，長空一閃，直奪鐵手雙眉之間，這一招叫「一劍寒光」。

鐵手猛退了一步，讓過劍勢，劍一橫，劈了過去，戚少商一看這劍法吃了一驚，因爲這已不是劍法，而是以劍作刀，那一招正是「一刀斷頭」，當頭砍來。

戚少商一迴劍，向左右撥了兩撥，正是「一心無二」，以一劍兩式把鐵手的劍勁撥了回去，順勢便是一招「一意孤行」。

本來「一心無二」是「天心派」的劍招，「一意孤行」是天山派的劍招，戚少商竟似對天下劍招都了然於胸，這兩招本就意氣相投，戚少商兩招一道使了出來，更是天衣無縫，無懈可擊。眾人不禁喝一聲采。

鐵手竟不退避，一吸小腹，硬生生挪移半尺，避過一劍，手中長劍一震，一招「兩不相忘」，竟以劍面分左右拍擊而來。

這招「兩不相忘」本是「鐵板門」的武功，一旦被拍中，耳膜震破，不死也癲狂，更厲害的是鐵手不退讓戚少商的「一意孤行」，馬上反擊，更令人自救無及。眾人又是如雷般喝了一聲采，已不分敵我兩方，只見高招，渾然忘我了。

戚少商臉不改容，「刷刷」兩劍，已挑開化解鐵手的兩招橫折，正是「一石二鳥」！

鐵手冷哼一聲，一反手又是一招「三人同行」，戚少商竟被他逼退三步，正待反擊，忽然心中一動，自己何不裝作敗退，誘鐵手把十招使完，不是贏定了嗎？何需苦苦反攻，萬一失手，不是敗得極爲不值？不禁出手稍後。

果然鐵手見逼退戚少商，便乘虛而入，第四招：「四面八方」，只見千萬劍光，竟自前後左右，齊刺戚少商！

各人心中又驚又佩，平常人出招，只能從正面出擊，若能閃身左右側而出擊，已然十分了不起，鐵手居然能把劍使得轉彎劃向敵人的背門，叫人無法招架，防不勝防！

但見一道劍光，破劍網而出，正是「雪山派」的絕招「一瀉千里」！

鐵手更不容情，第五招：「五度梅開」，第六招：「六丁開山」一齊刺出。

只見「五度梅開」，使得如五瓣梅花，高雅綺麗，分五個方向刺來，在雪光上，更顯清艷，換作旁人，早看得目眩不已，無法對應了，戚少商卻一招「一劍穿心」向五朵梅花之中刺去，立破去這一招。

可是「六丁開山」一出，猶如巨斧劈面，戚少商劍方劃出，招架不及，一連退七步，才避得過這一劍。

鐵手更不留情，一招「七夕銀河」，長空劃去，白芒一片，十分好看，比起「五度梅開」的清脫，「六丁開山」的威猛，又是另一番境界。

只有周白宇、伍剛中這等使劍的高手才曉得：那白茫茫的一片，宛若銀河，便是劍術之巔：劍氣。他們心中大為佩服鐵手的劍法，但惋惜的是，鐵手只剩下三招了。

戚少商一見這一招「七夕銀河」，便知招架不過，一招「一見鍾情」，又一劍「一箭雙鵰」，再一劍「一髮千鈞」；第一劍正合乎「七夕銀河」劍路，所以讓戚少商的劍攻得了進去，第二劍「一箭雙鵰」，使「七夕銀河」渾宏無間的劍氣分裂為二，第三劍「一髮千鈞」才破得了這一招「七夕銀河」；若戚少商第一招不用「一見鍾情」，融入不了「七夕銀河」的劍勢，戚少商就破不了這一劍。

鐵手怒叱一聲：「好！」第八招：「八方風雨」擊出！這「八方風雨」比「四

面八方」又有所不同，甚至更精妙了許多，「四面八方」是前後左右，盡是劍刺，這「八方風雨」，也是四面八方都有劍招，但刺、點、劈、捺，招招不同，更難對付十倍！

戚少商迴身一劍「一敗塗地」。這招「一敗塗地」，本是邪派劍術，聽來十分不雅，但卻是殺退背後敵人，好讓自己逃走的絕招，先行格開了鐵手從後而來的攻勢，對方左右的攻勢，戚少商卻不招架，一連退了十步，避過所有的劍招。

戚少商心中暗喜，這鐵手果然急攻求功，竟十招裡已用了八招，只要再多二招，自己便……猛覺背後觸及一物，已不能再退，心中大驚，鐵手已撲了上來，一招「九子連環」！

原來戚少商被鐵手的第三招「三人同行」逼退了三步，又被第六招「六丁開山」逼退了七步，再被這第八招「八方風雨」迫退了十步，群豪已讓出地方來，而戚少商卻已退到一棵枯樹幹前。

戚少商一怔之間，鐵手的「九子連環」已至！這「九子連環」雖然只是一劍招，也有九個變化，接得了一劍，接不了第二個變化，接得了第三個變化，便接不了第四個變化，每個變化，虛虛實實，可虛可實，非虛非實，能虛能實，是武當派的名招，戚少商那有不知？但他已無路可退，只有硬接，不過戚少商確是聰敏至極，有這樣的招來，他便即刻能想出破招，即不接鐵手任何一似真非真的劍招，卻一連九劍：「一馬當先」、「一針見血」、「一氣呵成」、「一鳴驚人」、「一勞永逸」、「一意孤行」、「一劍穿心」、「一落千丈」、「一指中原」，每劍迎鐵手的「九子連環」的一個變化，只聽一連「叮叮叮叮叮叮叮叮叮」連響，九劍全破！

戚少商一破此劍，知道已無退路，便絕不讓鐵手再攻，第十招「一夫當關」便反刺了過去。

這一劍，可說是十分凌厲，鐵手一震長劍，最後一招「十面埋伏」攻出。

眾人一生之中，只怕未曾見過如此劇烈的鬥劍，瞬息百變，令人目瞪口呆，大家都知道，鐵手這一招攻出，若不成功，便算敗了。

鐵手這招「十面埋伏」，正是戚少商的「一夫當關」的大剋星，確實一夫當關也最忌被十面埋伏，既然是被十面埋伏了，一夫便當不了關，戚少商那有不知，即時收劍眼看千百劍刺來，猛一招「一飛沖天」，意圖脫圍而出。

本來這招「一飛沖天」，是可以脫「十面埋伏」的劍網而出的，只要這一招得手，鐵手便算敗了，戚少商便曾用這一招來破去周白宇極其厲害的「閃電劍法」中的「星光點點」。

可是戚少商忽覺鐵手的這一招「十面埋伏」，竟比別人都使低一點，也就是說，寧願不刺敵人的頭部，而改刺敵人的胸部，不過這還是「十面埋伏」的劍招，只不過像一個足不夠高的人，對比他高大得多的人使出來的招法，可是，這一下，卻是足使戚少商使不出「一飛沖天」來，因為，一旦使出，只怕人未沖天，雙足便被削去了。

可是戚少商的臨危不亂，處變不驚，也到了匪夷所思的地步。他第一招「一夫當關」不成，立時轉第二招「一飛沖天」，第二招「一飛沖天」不成，及時轉第三招「一成不變」！

這一招「一成不變」，若先發而至，本來可以守得個鐵桶般密，不懼那一招「十面埋伏」，但如今救急，只好改作刺向鐵手的手腕，順勢架住鐵手的來劍，一來可使鐵手收招自保，就算鐵手因後一招而拚命，戚少商也自料能傷鐵手的手腕後再架往來劍。

「拍拍」二聲，鐵手來勢不變，卻真的被戚少商雙劍刺中，鐵手長劍落地。

戚少商一喜，陡然色變，因為劍尖並無沒入鐵手腕內，而且「拍拍」二聲並不似劍刺入內之「噗噗」之聲，反而有點像是刺在硬物或鐵塊之上。戚少商猛地一震，順劍一架，鐵手的「十面埋伏」已在眼前，若鐵手手中有劍，戚少商這順勢的一招「一成不變」定能架住對方劍招，但對方手中無劍，戚少商劍鋒捺在鐵手的臂上，反被彈了回來。

鐵手竟是以手作劍，使出了「十面埋伏」！

這一次戚少商本絕是無法接得住的了，但好個戚少商，危急間竟一招「天羅地網」，掌不及收回，竟用雙肘撞出，「拍拍」封住鐵手雙掌。

鐵手這招，第十招，也就是最後一招，「十面埋伏」，終於落空。

這時鐵手已凝掌，戚少商也住手，兩人峙立不動。

柳雁平、田大錯、岑其藏、卜魯直等人見十招已過，戚少商仍不倒下，鐵手便算敗了，心中大是頹喪。

管仲一、穆鳩平、勾青峰、孟有威等人見戚少商居然在臨危中一招「天羅地網」，封住了對方，自是勝了，莫不又佩服又欣喜。

戚少商看看鐵手，鐵手也正看著戚少商。

戚少商和鐵手二人，終於緩緩的鬆開了手。

鐵手道：「十招了。」

戚少商道：「你勝了。」

忽然回身，厲聲道：「回寨！」「連雲寨」眾徒不明所以，莫不大奇，但平時訓練有素，即時整隊歸去，數百人不到半盞茶工夫便走得個乾乾淨淨。

穆鳩平是領隊，走在最先，未走前向田大錯遙拱了拱手，敢情他和田大錯對過招，大是佩服。

勞穴光臨走前，也深深向伍剛中望了一眼，兩人拚鬥三場，互相欽服，都有了識英雄重英雄之心。

阮明正臨走時，也望了鐵手幾眼，戚少商留在最後，舉步向鐵手一笑：「佩服佩服。」

鐵手愧然道：「在下勝的不是武功，實在汗顏。」

戚少商笑道：「鐵兄過謙了，鬥智高於鬥力，我敗得無話可說，後會有期。」

「連雲寨」的人，便完全消失無蹤了，這本是一場驚心動魄的大血戰，但而今只留下一地白雪，連一滴血也未曾染在這雪白大地上。

田大錯卻是十分不解，呆在雪地上一會，向柳雁平問道：「小柳，幹嗎他們勝了反而要走？」

柳雁平也怔怔地道：「我不清楚，大概是鐵大俠勝了吧。」

周冷龍耳靈，聽到了他們二人的談話，看見一千軍士，都有點莫明其妙，於是笑道：「鐵兄的最後一招『十面埋伏』，戚少商在最後關頭用別的招式，不是敗了嗎？其實他不用那招『天羅地網』也絕接不下鐵兄的第十招，也等於是敗了。」

柳雁平、田大錯二人「哦，哦」了幾聲，才恍然大悟，原來戚、鐵二人戰到最後，根本已看不見人影，一招九式，一式數變，連看也看不清，只見最後二人凝住，戚少商仍封住鐵手的攻勢，才知道戚少商未倒。

時震東向鐵手道：「鐵兄，我有一事請教。」

鐵手道：「不敢，請說。」

時震東道：「我見鐵兄貿然答允以十招敗戚少商，戚少商此子武功高強，十招之勝，當世只怕絕無僅有，似諸葛先生、龍放嘯龍老前輩，或可勝之，鐵手高明，只怕仍……我見鐵兄答允得如此之快，故不敢阻攔，但迄今還不明白……」

鐵手微微一笑，道：「時將軍好眼力，在下勝得好險，原本根本勝不了。我除了一雙鐵手與較渾宏的內力，其他無論指、掌、劍、拳、腳都遜他半籌，長戰下去，只怕他還稍勝我一些，可惜他還是犯了一個無人不犯的小毛病：喜逸惡勞，貪愛便宜……」

伍剛中道：「鐵兄若非戚少商之敵，那麼全場高手，連老夫和周老弟，時、周二位將軍在內，也絕非戚少商之敵了，只不知鐵兄何以說他愛貪便宜？」

鐵手正色道：「愛貪便宜乃人所難免之惡習，況且是我引君入甕，此語絕非譏諷戚少商之意；我與戚少商一戰，對他甚是折服，此人沉著鎮定，才智雙全，應變之快，絕非我所能及。我既知久戰必敗於他之手，只得用計，說必須在十招之內敗他，條件是他必須以『一字劍法』應對我。」

周白宇在旁插嘴道：「鐵兄，戚少商的武功確實厲害，我與他交過手，我以劍成名，他以劍敗我，我自是佩服得五體投地，只是，他用『一字劍法』，你也規定用一到十字劍法呀，那並不算是佔了他的便宜……」

鐵手搖首笑道：「其實他用『一字劍法』，比我用一到十字劍法，拘束得多了，所失更慘重得多了。比如說，第七招，我大可以用『七星伴月』，而不用『七夕銀河』，第八招我除了『八方風雨』外，還可以用『八面威風』、『八仙過海』、『八方夜戰』等招……而他的『一字劍法』呢？可不同了，他必須要用各家各派的『一』字爲首的劍法，又不能自創新招，自創新招便無人承認他用的是『一字劍法』了。他本是劍術大師，這無疑是先約束了他創招應變的能力……他犧牲這麼大，只是乍聽我十招之內不勝他便算敗的這個便宜所換來的，看來那個允諾是我吃虧，其實他比我吃虧又何止五倍！」

田大錯笑道：「佔了便宜是不錯，但也沒有五倍那麼多呀。」

鐵手笑道：「要他不能以劍招的長處來戰我，是一倍；因爲他認定捱過十招便算勝我，所以只守不攻，我則全力搶攻，是一倍；因爲搶攻得逞，我才能逼他到樹前，以致他後退無路，心神大分，是一倍；我要他允諾使『一字劍法』，但我先前已在他和周城主一戰之役，把他的使劍方法、出手方式牢記，他用『一字劍法』，連鬥兩場，未免會有招式相同，他那一招『一飛沖天』，我原先已料到他會用，才把『十面埋伏』使低一點，否則他早可破圍而出了，他劍法重複，我了然於胸，又是一倍；還有他最後仍以一招『天羅地網』接上我的『十面埋伏』，並沒有輸給我，卻因允諾而敗了，更是一倍。此爲五倍，並無虛言。」

眾人才大悟道：「哦——」

鐵手又道：「不過最後一式，也拚的著實是險。我之所以大膽諾下十招勝他，因這十招中我已佔盡便宜，還勝不了他的話，那麼縱再打下去，我也絕非其敵手，不如速戰速決，故我請求他以十招賭約，也非爲設陷阱，實亦衷心之言。戚少商居然能接到最後一招，實非同小可，而且他本敗得十分不值，但一諾千金，毫無怨隙，馬上退兵，我對他十分敬佩……」

周白宇忽然道：「鐵兄，你雖佔了五大便宜，可是戚少商那一劍『一成不變』

一共刺中你兩下，拍中你兩下，但你一隻鐵手，完全無事，這一下是真才實學，絕不是便宜。」

眾人聽周白宇說起，都訝然望向鐵手的雙手，只見鐵手的雙手與常人無異，只不過筋肉均勻，十分粗壯有力而已。

時震東笑道：「難怪鐵兄叫『鐵手』了，簡直是『神手』……」

周冷龍忽道：「哎喲，不好。」

時震東道：「什麼不好？」

周冷龍道：「我們打傷了『連雲寨』的九當家『霸王棍』游天龍，擒下了還未交回給『連雲寨』。」

柳雁平接道：「我還殺了他八寨主『雙刃搜魂』馬掌櫃。」

時震東跺足道：「這個大大不好。」

伍剛中道：「『連雲寨』縱再大量，也會報這個殺弟之仇的。」眾人商議後，用金創藥為游天龍治傷，然後解開他的穴道，即刻打馬離開那兒。

大家情知已被人識破身分，所以不再喬裝，一面點數人手：柳雁平那一組十人，已折損八人，田大錯那一組十人，亦折損了六名軍士；卜魯直、岑其藏都僥倖保命。

眾人來到一小鎮，仔細打聽，得知楚相玉等人曾在兩個時辰前來過。其時天已昏暗，眾人拚鬥一日，也已累了，想找個地方打尖，走到一家客棧前，只見兩個人抱了一大堆糧食、蔬菜之類的東西，一閃而過，走入了客棧。

時震東等人何等眼尖，只見一人獨臂，一人獨腳，形象甚是獰惡醜怪，不是那惡名昭彰的「天殘八廢」，又是誰來？

眾人心中雪亮，忙叫了四名軍士匿伏左右釘梢，各人卻在另一小客店落腳。這小客店本不租房，但時震東亮出滄州大將軍的印鑒，誰敢不讓方便？

各人一旦落腳，即決定於今夜行動，天色已黯，諒楚相玉等人不致在黑夜趕路，歇息恢復體力精神為重，各人約定各自回房休息一會，吃過晚點，沐浴調息之後，個個精神奕奕，體力充沛，一齊聚集在小房中，共商應敵大計。

這時四名軍士已然回報，又換上四名軍士當值。

這四名軍士的報告：果然是一行十二人，他們認識沈統領，看到沈雲山在其中，而且沒有什麼動靜，似乎那「天殘八廢」住在頭房，「絕滅王」楚相玉獨佔一間房子，「嶺南雙惡」和沈雲山三人住在後房。

眾人聽後，紛紛商議起來。這些人，不是沙場悍將，陣前猛將，便是六扇門中的第一把好手，或是一寨之主，一城之王，軍中指揮，獄中監察，自是對剿匪攻敵等陣仗，十分了然，雖然要對付的是「絕滅王」楚相玉此等大敵，也有條不紊，進退有方。

周白宇道：「楚相玉等一路來此，絕不會不加警惕的，咱們人手雖多於他，但若不施計，只怕也難以擒得住他。」

伍剛中道：「據說那『天殘八廢』，一個個都是殘廢的，可是武功怪異，出手狠辣，用毒的本領極高，是『天殘幫』中最難惹的八個人，驚動了他們，可十分頭痛。」

鐵手道：「那『天劍絕刀、嶺南雙惡』時正衝、時正鋒兄弟，更是難惹，昔日我的兩位同門，三弟和四弟，爲了要逮住他們倆，幾乎拚上了兩條性命，最後四弟以劍法破去天劍，三弟以腿法破絕刀，千辛萬苦，才把他們生擒於手。這兩人一刀一劍，一旦給他們聯上了手，只怕任是誰也敵不過來……」

時震東一拍桌子，怒道：「這雙惡魔，該死至極！」

眾人沒料到時震東會生那麼大氣，一時呆住，鐵手忽然道：「時將軍，可容在下請教一事？」

時震東怒氣未息，但對鐵手十分恭敬，道：「何事？鐵兄請說便是，我知無不言。」

鐵手笑道：「若關係到將軍隱私，卻請將軍自為斟酌。」

時震東道：「鐵兄說來聽聽。」

鐵手道：「在二十年前，時家有三兄弟，叫做『嶺南三俠』，行事正派，行俠仗義，後來據說這三人中的大哥，極不滿其二弟三弟的作為，因其二弟三弟，不但漸漸武功走入魔道，連人也變得乖戾陰狠，傷人無數，他們的父母雙親，力斥其非，竟被這兩個人殺了，連對師父也下了迷藥，為兩人所殺。那大哥一氣之下，與這兩個弟弟起了衝突，以一敵二，終於慘敗，差點喪命在那兩個弟弟的手下。終於那大哥到了滄州，以後也不見他再出江湖，想是灰心至極。這大哥叫做時正冬，本來在『天劍、絕刀』之上，還有『神槍』，後來這時正冬也不知所終了。」鐵手一面說，一面看著時震東，又說：「我是捕快，犯人的來歷，自然不得不記個清楚了……」

時震東怔怔地道：「你都知道了……你都知道了……」

鐵手道：「在下只是妄自測度而已，若有所誤，請將軍勿怪。」

時震東好一會兒才平靜下來，道：「你猜得不錯，我便是時正冬！」

各人大吃一驚，萬未料及而今時震東帶領諸人來追緝的，便是他的弟弟，一時不知如何說是好，只聽時震東喃喃地道：「就因爲他們倆是我的弟弟，我越發不能任他們胡作非爲，所以待會兒在捉拿人犯時，請各位毋須賞面給我時某，能擒即擒，若不能擒，殺了乾淨，免得他們再作傷天害理之事，辱了時家聲名！」

鐵手正色道：「這樣就好了，將軍，在下指出這點，就是怕待會兒動起手來，刀槍無眼……」

時正冬厲聲道：「萬勿如此，公事公辦，絕不能徇私。我身爲朝廷命官，若然如此，叫人何以歸服，我也知道鐵兄是想探聽我那兩個無法無天弟弟的武功……」

鐵手臉上一紅，道：「採聽不敢，只是……」

時正冬大笑道：「鐵兄明察秋毫，一絲不苟，知己知彼，百戰百勝，乃真英雄也，末將怎敢相怪……二十年前我丈二長槍挑不下那兩個弒父母的人，二十年後的今日，我已練成破他們『天劍絕刀』之法，待會兒我便挑他們的場，請諸位放心……諸位是礙在我和周老弟的面子，天大賞光，千里迢迢來助我倆追緝欽犯，小將沒齒難忘，銘感終生，怎敢作出絲毫袒護私情之事……」

眾人聽得時正冬將軍大義凜然，全無私心，不禁大是欽佩，伍剛中首先道：「將軍萬勿如此說，替朝廷執法效力，為江湖正義出力，自義不容辭，何況還有諸葛先生所託，此行縱雙脅插刀，亦義不容辭！」

周白宇道：「將軍的為人，我們都十分敬佩，這一行我們在座的都已豁出了性命，將軍儘管放心便是。」

白欣如最是細心，道：「我想鐵兄的話，只在查明真相，絕無誤解將軍您的意思。」

時正冬驀然起立，力握鐵手的手道：「鐵兄，你一番心意，若對你有誤會，實是小人不如……」

鐵手也緊握著時正冬的手，只覺得這位大將，比一般的武官，都沒有架子，熱誠、剛正，而且有綠林好漢的脾氣，一時為之語塞。

伍剛中豪氣干雲，哈哈大笑道：「既然如此，再來談談如何逮捕楚相玉。」

周白宇沉吟道：「正是。這『絕滅王』，武功高強，野心大，人緣好，才智雙全，其實戚少商讓我們來抓楚相玉，只怕也因為他覺得憑我們的武功，仍不是這行人的敵手之故。」

田大錯忍不住問道：「楚相玉的武功如何？」

周白宇長嘆道：「我也不知道，只知道當日天下最令人頭痛的『無敵公子』，也曾在兩百招之內，敗在他手下；而『無敵公子』若單打獨鬥，我接不了他三招。」

周白宇本來就曾與「無敵公子」交過手，白欣如也是，那一戰是他倆畢生最慘烈，最難忘的，同去的武林高手，都死亡殆盡，他們也幾乎命喪斯役。

這一役中，連「四大名捕」中的追命，也被打得半死不活，終於殺了「無敵公子」，但每次提起，仍不禁悚然，鐵手也曾聽追命說過，連追命也視此役爲早年最令他心悸的一役。

而「絕滅王」的武功，竟比「無敵公子」還高！

每個人都知道「絕滅王」楚相玉的武功極高，但周白宇等仍願意挺身而出，追捕楚相玉，義不容辭。這是爲了什麼？

也許這就是俠義之士之所謂稱得上俠義二字，是看到真正要做而且應該做的事情時，不顧性命、錢財，甚至名譽、成敗，也得要去放手一幹，至死方休，這也就是爲什麼有些人一生稱不上一個「俠」字。

鐵手是個捕快，他本可以只管職份以內的事，緝拿罪犯便可，可是他俠義氣概，比誰都烈，許多不是他管的事，他都要管上一管。他生平捕獲大奸大惡之人固然多，但也釋救俠義之士，「武林四大名捕」所以會如此得人敬仰，實非僥倖。

鐵手道：「時、周二位將軍是陣前勇將；田、柳統領是軍中勇士；伍老先生是寨中群龍之首；周、白二位統率北城，英明有方；但若說到抓人，在下倒是比較內行。」

時震東笑道：「正要聽聽鐵兄高見。」

鐵手漫聲道：「攻敵不如攻心，制敵不如制機。」

◇◇◇

那客棧的老闆，莫名其妙被店裡來的兩個客人，抓住就拖了幾條街，來到另一家店前，那兩人猛推開了門，只見這客店裡沒有顧客，卻有二、三十個勁裝打扮的人，有幾個是差役打扮，有幾個甚至是身著胄甲的將軍。那老闆雙腿一軟，便立刻跪了下去，叫道：「大人饒命，青天大老爺饒命，小人孫天方安分守己，從不——」

「住嘴。」那老闆一看，原來縣太爺也在其中，嚇得連頭也不敢抬起來。他那裡知道，這處於窮鄉僻巷的一個小小縣官，在官銜上，其實遠遜於那端坐中央的大將軍。

縣大爺道：「你不要大呼小叫的讓人聽到。你有沒有犯錯，我們不知道，可是目下你店中卻有罪犯。」

那老闆嚇得臉色陣青陣黃，囁嚅道：「那……那小人並不知情，求青天大老爺明……明察……」說著全身顫抖起來。

那縣太爺不過四十左右，臉紅髯垂下，十分威武，他本來能在這兒當縣官，就是時震東一手提拔的，可以說是時震東麾下的一名得意弟子，深諳技擊，叫做帥風旗。

帥風旗忽按時震東的密召，黑夜趕至這客棧中相會，得知內情，商量好擒敵之法，便使人召了「高昇客棧」的孫掌櫃來，時震東當然知道，在這兒由縣官來行事，是方便多了。

縣官帥風旗沉聲喝道：「這沒你的事！我們要捉拿欽犯，不得不燒了你們的客棧，待三日後，衙裡自會發給你兩百兩銀子，足以賠償你那間破店，再另起一家新的……」

那孫掌櫃說道：「全憑大人吩咐，反正，那鬼店子也害我賠了好些日子，燒了也好。」

那縣官帥風旗向時震東朝了一眼，時震東點了點頭，帥風旗道：「孫天方，本官告訴你這些，是要你預告店中的夥計、家人、住客們，收拾貴重的細軟，先行避了，店中夥計，自有本官的人充當。但你知會大家的時候，不要張惶，免給那十二個人得知，如是，本官要拿你是問！」

帥風旗這一喝，嚇得那孫老闆不住叩頭，顫聲道：「是……是，小人定必十分……十分小心，不讓那欽犯……知道。」

周白宇、白欣如不禁互望一眼，發出會心的微笑。看來縣官在人民心中果是十分威重，而帥風旗也深知子民畏忌，三言兩語便嚇住了他們，更難怪當百姓遇到貪官污吏時，叫苦連天，苦不堪言了。

帥風旗見時震東乾了杯中的酒，於是道：「好了！馬上去幹，在一更以前，一定要把全部無關人等撤出店內，不許驚動。」

那孫老闆叩了幾個頭，便匆匆要走，帥風旗忽然喝道：「那十二個欽犯，是住在上房那三間，十二個人一齊投店，八個殘廢，兩個長像相似，還有兩個人，也同一夥，便是這十二人，不可弄錯！」

孫老闆給帥風旗這一喝，又跪倒了下去，忙不迭地叩頭，道：「小人記得了，小人記得了，……那十二人，凶神惡煞，小人一看便知他們不是好人了……」

帥風旗沒耐煩的一揮手，左右差役便把孫老闆扶出店外去。

帥風旗又向時震東恭敬地道：「時將軍，下官衙裡還有數百名差役，要不要一齊調來，協助將軍？」

時震東以手輕拍了拍帥風旗的手背道：「不必，人太多，反而累事，挑七十名最幹練的官兵來便可。風旗，這番兄弟我來這裡，沒有敘敘便如此叨擾你，心中很是過意不去……就沒料到兄弟我手上出了這樣的事。」

帥風旗笑道：「我的命是將軍撿來的，我的官是將軍保來的，今夜若能相助一二，則不勝喜矣，我當親力指揮兵團，矢死爲將軍效勞。」

時震東也笑道：「旗弟萬勿如此說，你屢次立功，自當應犒賞昇官，如你自個兒不爭氣，兄弟我也相助不了。旗弟昔日江湖上稱你是『追風劍』，有你出馬，兄弟我放心得很就是。」

各人見時震東待部下如此和藹莊重，更難怪手下將士，都矢死爲他效力了，朝廷權官顯要，甚少如此，心中不禁對時震東肅然起敬。

帥風旗道：「我這就去調整兵隊，搬運箭矢、火器等。」

時震東道：「好。」

鐵手忽然道：「帥先生。」

帥風旗因時震東之引見，已知鐵手大名，當下回揖道：「鐵先生有何見教？」

鐵手道：「那孫老闆叫什麼名字，你可知道？他是否土生土長在這兒？」

帥風旗道：「這廝倒是三個月前才搬來的，好像是京城裡的人，沒什麼家屬，那幾個夥計就像似他的親人，他叫孫天方。」

帥風旗果然不愧是時震東座下得意子弟，就連一個小小的掌櫃，都打聽得那麼清楚，記得如此詳細。

鐵手沉吟道：「孫天方？他在這兒還有沒有別業？」

帥風旗道：「沒有。他就是經營那一間店子。」

鐵手道：「哦。」

周冷龍忽道：「帥老弟，待會你兵馬來時，一律手繫紅巾，免得火起時刀槍無眼，不易辨識。」

帥風旗點頭道：「周將軍提點得是。如鐵先生沒有什麼要問的話，下官要去辦事了。」

鐵手笑道：「騷擾了，先生自便。」

帥風旗向諸人一揖，匆匆去了，燭火被勁風掃得搖曳不定。

周白宇忽然沉聲說道：「計劃可能要改變。」

鐵手點頭道：「周兄高見，與我不謀而合。」

周白宇道：「鐵兄高見？」

鐵手道：「以彼之矛，攻彼之盾！」

一更甫過，打更人疏落的腳步，消失在巷子的轉彎處。

這打更人年年打更，月月打更，夜夜打更，已經夠厭倦了，那些走了一遍又一遍的路，閉著眼睛也可以走，所以他根本沒有張望，因爲這齷齪的街道沒有什麼值得他張望的事物。

只是他沒有料到，今夜這街道兩旁，竟伏著五十名全縣最精悍的差役。

打更人昏黃的燈籠遠去後，帥風旗一躍而出，右肩掛了一條血紅的布條，一揮長劍，那五十名差役，立刻躍出，也是右肩掛紅布，躍進牆裡，八方埋伏，圍住客棧，了無聲息。

帥風旗隱隱約約可以望見，全店悄無人聲，想必都已撤走一空，但樓上三間小房，仍燈火瑩然。

第一間房裡有八個人，竟團團圍在桌前，桌上點一盞昏暗的小燈，不言不語，沒有動作；第二間房裡燈火明亮，不見有人。第三間房裡有兩個人，正打坐練功，另外一個，正在撫拭著鋒利的長刀，想必是沈雲山——滄州「鐵血大牢」的十二統領之一。

帥風旗也是身經百戰的武官，在此刻竟不知爲什麼，手心隱隱出汗。

大家伏著，沒有聲張。

帥風旗緩緩拔出長劍，長劍在夜色中發出森然的厲芒。

十五名差役在弓上裝上了火箭，十五名差役弓上裝了麻藥，二十名差役潛伏在每一處出路，拔刀佈網，靜靜等待。

只要火箭一發出去，全店即時燃起，凡是企圖衝出來的人，都用箭射他們的手足，一旦中箭，全身便會發麻，束手就擒。

就算能避過暗箭的，埋伏在所有出路的差役都會一擁而上，把他們一網打盡。

他們都知道「絕滅王」楚相玉，不是好惹的，而「嶺南雙惡、天劍絕刀」也不是易鬥之輩，至於「天殘八廢」，單看到他們的樣子就沒有人膽敢去碰，何況還有滄州知名的刀手「長刀」沈雲山？

七　伏道奇襲

這一役是敵明我暗，的確是佔了上風，這點帥風旗是知道的。

可是這只許成功，不許失敗的一擊，一旦失敗，這種優勢便沒有了。誰要是與「絕滅王」正面交鋒難免會心驚膽戰，難有勝算的。

「一到兩更，馬上出擊」，這是時震東的命令。

兩更了。

◇◇◇

沒有人能想像得到，這寧靜無聲的客店，一下子變成了火海！

除了火燒的聲音就只有發箭的聲響。奇怪的是，樓上那三盞不同的燈，一直沒有熄滅，那些人，也似無所覺。

帥風旗甚為喫驚。火已燒近樓上梯級，那十二人，仍沒有作出衝出火海的打算，就算是不會武功的人，也早已驚醒了。「絕滅王」竟會如此爛睡如泥麼？

帥風旗畢竟是黑白二道上少見的英傑，一發現不對勁，打了個手勢，先行縱身而入窗內，赫然只見那八個端坐的人，已死去多時，而且正是帥風旗佈伏在鎮守各要道，以防「絕滅王」等仍衝出重圍的二十名差役中之八人！

這八人被人格殺了以後，被換上那「天殘八廢」的衣服，安置在這裡，地上還有八名差役的屍首，帥風旗可以肯定「絕滅王」以及沈雲山那兩間房中的人也一樣調包。

加上那四人，剛好是二十人。二十名差役，無一倖免。

帥風旗手心發冷，全身冒汗，正欲衝出，忽然聽得幾聲慘叫，飛入幾名放火箭的差役，跌在火堆中，慘呼哀號！

帥風旗「唰唰唰」地舞了幾個劍花，把身前後左右護住，喝道：「小心來敵！」

忽聽「嘿嘿」一笑，火海中一人像煙一般地冒出，竟是一個少了一根左腿的醜漢，手上拿著一條黑色的鐵線蛇。

一個人只剩下一條腿仍那麼快，如果他雙腿俱全，輕功縱不是天下第一，也相差不遠。

帥風旗知道這不是說話的時候，而是用劍之際。他一劍刺了出去，劍勢用盡的時候，才發出「唰」地一聲，難怪他外號叫做「追風劍」。

那人卻沒有閃避，就算閃避，也不見得能快得過他的「追風劍」。

那獨腿人只是一拂，那條蛇立即竄了出去，一捲捲住了劍身，伸出蛇頭，「颼」地向帥風旗握劍的手腕噬去！

帥風旗知道不能遲疑，馬上棄劍，那蛇一噬不中，帥風旗的拇、食二指趁牠縮回之時，用力一彈，叩在牠三寸之上，那蛇「霍」地縮了回去，鬆開了劍，劍往地上落去，帥風旗立時抄住了長劍，擺了一個「追風劍法」裡可攻可守的架式。

這下交手，不過是電光石火間的事，出現、劍刺、蛇捲、飛噬、撤手、彈指、震開、撈劍、轉式，都是一連串的展開，獨腳怪人沒料到帥風旗出劍如此之快，帥風旗沒料到獨腳怪人一招便要自己撤劍，獨腳怪人更沒料到帥風旗先撤劍而又奪了回來，帥風旗亦沒料到那全力的一彈只震開蛇身，蛇沒有死，手指卻隱隱作痛。

帥風旗忍不住問：「你是誰？」

獨腳人陰陰地道：「鐵線蛇。」

忽然間，濃煙中又出現一人，竟是斷了右腿的醜漢，手中拿著一條青色的蛇，桀桀笑道：「還有我，青竹蛇。」

帥風旗一驚，只聽慘叫連連，又有幾名差役，慘叫著被投入火海中。只見那些慘叫哀號的差役們，莫不是腕上、頸上、腿上、身上被噬了兩個黑色的血洞，那被扮成圍坐著但早已死去的差役，也是如此，帥風旗道：「『天殘八廢』？」

只聽一人怪笑道：「正是。我是四腳蛇。」只見一沒有左眼的怪人，在火光中出現，手裡拿著一條醜惡龐大的四腳蛇。慘叫連連，又有幾名差役被投入火海，四面的路都被封死。

帥風旗一抹額頭，滿手是汗，也不知是因這裡太熱，還是什麼？他只知道他已不是獵人，而成了獵物。

帥風旗慢慢向後挪移，忽然後面一人冷冷地道：「沒有用的，我是赤練蛇，在你後面。」帥風旗猛回頭，只見一缺右目的怪人，手中拿著一條朱紅色的蛇，正在翻騰挪動著。

慘叫迭起，顯然又有幾個差役送了命。

敵方的來人顯然愈來愈多，而帥風旗知道，這「天殘八廢」中任何一人，他最多可以與之打個平手，但以一敵四，必死無疑。

可是不止四個。忽又響起一個怪聲：「天殘之首，金蛇子，是我。」帥風旗沒有回首，忽然沖天而起想撞破層樓而逃。

帥風旗方才躍起，前後左右四人同時躍起，四條蛇封向他的沖勢。

帥風旗當然不想撞入蛇口，他「唰唰唰唰」，四劍連環，刺向那四廢的腰部。他出劍之快，匪夷所思，因爲他已認準四人抬手封住他的出路，胸腰之間，必門戶大開，這四劍正是攻其所必救。

果然那四人倒落了下去，帥風旗眼看要撞中屋瓦，突覺手中一緊，被拉了下來，只見劍身纏了一條金蛇，金蛇握在一名斷左臂的怪人的手上，那怪人正咧嘴對他笑。

又有幾名差役慘呼！只聽又一人道：「我是大蟒蛇，你要不要試試？」帥風旗腦中轟地一聲，暗叫：我命休矣。

忽然外面的聲音一止，除了焚燒之聲外，就只剩下一種特殊的搏鬥聲，激烈的掌風和蛇身劃空的「颼颼」之聲。

那斷左臂的金蛇子「咦」了一聲。

那斷右臂手持大蟒蛇的道：「嘿嘿，看來外面來了對手。」

另外一個瞎左目的四腳蛇道：「咱們先料理了這個小子，再去照應。」

另一名斷右腿的青竹蛇道：「對，主子要用人，我們要快些。」

同時間，五蛇齊襲向帥風旗，帥風旗欲用劍守，但手中劍被那金蛇捲住，竟扯不脫，只得把目一閉，束手待斃，忽然「呼呼」二聲，兩個人撲了進來，極其倉惶，又急劇的「霍」地一聲，一鐵衣人閃電掠入，宛如大鵬鳥一般，刹那間已拍出三掌，擊出兩拳。

帥風旗只覺腥風忽去，只聽有人驚訝的叫了一聲，猛睜開雙眼，只見一人鐵衣神風，正站在自己身前，不是那「天下四大名捕」之鐵手是誰？

只見樓上又多了兩個人，一人臉上一道疤痕，一人雙耳不見，前者手執銀蛇，後者手執花蛇，喘著氣而怒瞪鐵手，顯然是力鬥不支，而被鐵手趕上樓來的。

再看那圍著自己的六個人，除金蛇子仍纏著自己的長劍外，青竹蛇和赤練蛇的頭，竟被鐵手一拳打扁，尾部仍逕自抖動不已，尚未完全死去。至於鐵線蛇、四腳蛇及大蟒蛇，都被鐵手一掌震開。

帥風旗幾乎不敢相信自己的眼睛，他用劍也刺這些蛇兒不入，鐵手卻把牠們一拳打死，莫非他的手，比劍還厲？比鐵還硬？

想到這裡，一失神間，金蛇一捲，把劍拉脫了手，嗆然落地。金蛇子冷冷地道：「鐵手？」

鐵手冷笑道：「正是。你們預先已有人通風報訊，所以掉了包，在後面反擊我們，趁我們接應不暇的時候，好讓『絕滅王』等從各路逃亡，可惜你們的陰謀，已給我們識破了。」

金蛇子目光收縮，冷笑道：「好，我們先殺了你再殺他們。」

「呼」的一聲，金蛇金光一閃，劈臉而至。

那條金蛇，比所有的蛇都要快多了，可是鐵手的手更快，一拳便迎了出去，正擊中蛇之三寸。

那條金蛇「呼」地盪了出去，又「呼」地盪了回來，張口就噬，鐵手的那一拳，竟不能擊斃牠。

鐵手也吃了一驚，蛇身已纏在前臂，蛇頭一揚，正要咬下去，鐵手的手已握住在牠的三寸，用力一扭，那蛇死力掙扎，鐵手這一捏也不能格死牠。

就在這時，蟒蛇、鐵線蛇、四腳蛇一齊捲到。

鐵手大吼一聲，一鬆手，那金蛇立即溜掉，鐵手雙手一抓，把蟒蛇與鐵線蛇抓住。

帥風旗也拍開了四腳蛇的攻勢。

鐵手發力一握，那鐵線蛇便已扁了，但扁了居然仍活著，張口要噬；那蟒蛇則血肉飛濺，但凡蟒蛇，生命力強，粗壯的身子仍捲了過來，竟然把鐵手全身緊緊纏住。

正在這時，那條銀蛇與花蛇，同時噬來。

鐵手不能動彈，猛地連起二腳，踢開銀蛇與花蛇，吐氣揚聲，猛力一掙，「波」一聲響，那蟒蛇竟寸寸斷裂，被鐵手的神功掙碎！

鐵手掙斷蟒蛇，雙手齊發力，左右一拉，終於扯斷鐵線蛇。此時金光又閃，那金蛇又撲臉咬到，鐵手一揮手，那金蛇極其機靈，對鐵手似乎十分忌畏，立時避了開去！

那「天殘八廢」，自出江湖以來，憑著這八條毒蛇，攻擊惡毒，中人必死，但鐵手憑著深厚的內力，與一雙比鐵還硬的手，竟連殺赤練蛇、蟒蛇、青竹蛇、鐵線蛇，「天殘八廢」怎能不又痛又驚！

最吃驚的是：連「天殘八廢」之首的這條金蛇，也似十分畏懼鐵手，更是前所未有的事。

這金蛇來自天竺，千年罕見，是絕毒而生命力強韌的蛇，平時縱用大石椿也捶之不扁，而今竟怕了鐵手的一雙手。

金蛇一避開，花蛇和銀蛇又攻了上來，這次這三條蛇十分機警，不敢胡亂出擊，鐵手竟連抓二次都不中。

那邊帥風旗手中無劍，那條四腳蛇口爪並開，等於是五道兵器，逼得帥風旗十分危險！

大火已燒斷了房門的路，這十人仍在烈火中搏鬥。

這時有兩名差役躍了上來，一名揮刀向那四腳蛇砍去，一名則把劍迅速遞給帥風旗。

就在這時，那使刀的差役一刀不中，那獨眼怪人舞著四腳蛇逼近，那差役避過那一咬，沒料到這四腳蛇，一伸爪子，劃中了那差役，毒性一發作，沒一會便倒地死去。

那四腳蛇又向另一名差役咬來，那差役手中無劍，連忙閃避，沒料到眼前突然地閃過一物，那差役嚇得一跳，定睛一看，原來是那四腳蛇的尾巴，就在這一分神的剎那，那四腳蛇便已咬中了那差役，那差役立時慘呼倒下！

同時間，劍光「標」地急閃，擲中四腳蛇，那獨眼怪人只覺手中一震，又因蛇尾已斷於誘敵，再也握不住，連劍帶蛇，直投入大火中，只聽那四腳蛇發出吱吱亂叫，一會兒便沒了聲音。

原來帥風旗明知自己劍刺不入蛇皮，於是擲出長劍，使四腳蛇撞落於大火中，焚燒而歿，立時赤手空拳，力鬥那缺左目的怪人，那怪人手中已無兵器，威力大減，漸有不支之狀。

鐵手第三次出手。

這次他是雙手抓向花蛇，那花蛇避不了他閃電般的一抓，可是銀蛇已咬了上來，這是攻其所必救！

可是鐵手沒有救，他已扭斷了花蛇的頭；銀蛇一口咬在他手臂上，竟然咬不進去，就在這一刹，鐵手又扭斷了銀蛇的身子。

蛇的齒竟咬不入鐵手的手，他的手真比鐵還硬！

青竹蛇、赤練蛇、鐵線蛇、蟒蛇、花蛇、銀蛇、四腳蛇都已死，金蛇馬上收縮，想竄入那斷左臂怪人的袖中去。

牠快，鐵手更快，雙手抓住金蛇，這次不扯，也不力握，更不猛擊，只用力一扭，那條金蛇的蛇身立即扭成一團，被捏得骨節寸碎，鐵手才運起內力，往牠頭部一夾，金蛇終於不動了。

「天殘八廢」大驚，呼嘯一聲，急欲退走，但大火已封退路，八人大汗涔涔！退路只剩下一個：那就是窗口。

但窗前站著的是鐵手。

八人狂呼，不顧一切，向前衝來，這「天殘八廢」，一身功力，都耗在那八條蛇的身上，一旦這武器完了，武功大打折扣，再加上心慌意亂，各自求生，已不成陣仗！

鐵手揮拳怒呼迎上，叱道：「虎尾縣衙裡七十位差役，給你們害了五十人！你們的命，都給我留下。」

拳風聲中，斷左腿怪人吐血而倒；瞎右目怪人已被擊入火海之中；那缺左目的怪人，也給帥風旗打入灰燼之中；另外那刀疤怪人，亦給鐵手打落樓下，那二十名憤怒的差役，立即把他亂刀分了屍！

另外四名怪人，仍瘋狂地與鐵手搏鬥著！

烈火熊熊！

沖天大火起時，孫老闆躲在遠遠的一處樹林子裡，哈哈大笑，他手下三名夥計，也笑得很開心。

孫老闆幾乎笑得喘不過氣來，哈著腰向那三名夥計道：「你們看……那群傻瓜，放火燒屋，卻要燒死自己了……」

忽然有一個聲音道：「他們燒不死的，而你自己快要笑死了。」

孫老闆怔住，那三名夥計也本正在笑，後面那句話當然不是他們說的。以孫老闆的功力，居然還不知道那聲音是從那裡傳出來的。

只聽另外一個嬌柔的女音道：「孫庭芳，你不是孫天方孫老闆，而是京城殺手孫庭芳，你那三名夥計，想必是你的高足『快刀三虎』了。」

說完樹上落下兩個人，一個白衣長袍的青年人，一個白衣勁裝的清秀少女，看著孫庭芳等四人。

孫庭芳和那三名夥計，臉部的笑容忽然僵住，孫庭芳好一會才能問道：「北城城主？仙子女俠？」

白衣青年道：「周白宇。」

白衣少女道：「白欣如。」

孫庭芳又好一會沒了聲音，才艱澀地道：「你們……如何得知？……」

周白宇莊重地道：「只有兩個疑點：你聽我們既要火燒『高升客棧』時，只有興奮，沒有悲傷，這是一般的老闆所不可能的。你說經營許久，事實上你只來此鎮數月。你說生意不好，但與我們所查悉的顯然不同。要燒掉你的寶號，你反而挺樂意似的，而你在此又沒有別業，實在說不過去，這是鐵捕頭察覺的。」

孫庭芳長嘆了一聲，慢慢解開了腰間的刀，周白宇繼續道：「另外，你不問那欽犯是何人，便答允疏散人客，這不像是個生意人，倒是像胸有成竹的六扇門高手了。孫先生，你京城殺手之氣概，畢竟是掩飾不了的呀。這點是在下發現的。」

孫庭芳忽然道：「周城主。」

周白宇道：「嗯？」

孫庭芳道：「可以不可以網開一面？我孫庭芳必加以報答——」

周白宇道：「好！」孫庭芳沒料到他竟答應得如此之快，不禁一怔。

周白宇繼續道：「我不殺你，你隨我去見時將軍。」

孫庭芳道：「那等於是要我去送死，不如就此放了我——」

周白宇道：「你協助欽犯，計陷官兵，乃屬大罪，非我能饒恕你即可的，你必須自首求恕。」

孫庭芳冷笑道：「王法？什麼是王法？」

周白宇長嘆道：「我不會讓你不去的。」

孫庭芳目露凶光，忽然道：「給我殺！」那「快刀三虎」早已看周白宇不順眼，馬上拔刀、衝出。

孫庭芳一發令殺人，他自己卻倒飛出去，燕子三抄水，已飛過二、三十棵樹，掠勢更急。京城中有名的殺手，莫不是有飛簷走壁之能的，何況是孫庭芳這種名殺手。

可是他立時發現後面已緊隨著一個纖秀的人影，沒有絲毫聲音，隨後飛來，正是那看似柔弱的白欣如。

「快刀三虎」的快刀，京城裡許多人聞名已喪膽，可是這次遇到周白宇，他們才知道什麼才叫做快。

「快刀三虎」刀還未出鞘，劍光一閃，一人倒下。刀才出鞘，劍光又一閃，又一人倒下。剩下的一人，刀才提起，也倒了下去，這次是先倒下劍光才閃。

「快刀三虎」，竟給人一劍一個，刺中穴道，動彈不得。他們這才知道，再多練三十年快刀，也快不上周白宇「閃電劍」的一半。

那邊的孫庭芳一聲狂吼，返身一刀翻砍而出，這一刀不單只快，而且極有力，「快刀三虎」的刀與他一比，就像茅草與大樹；孫庭芳的刀像已吃定了纖弱的白欣如。京城裡成名的殺手，都不是浪得虛名的。

孫庭芳一刀砍下，白欣如的劍已架住了刀。

白欣如出劍無風聲，單止這一劍，就知道她出劍絕不比孫庭芳快，可是也不會比孫庭芳慢。

白欣如的武功已如此了得，只怕周白宇的劍法更不可想像，孫庭芳決意用最大的力量先摧毀白欣如，再來全力對付周白宇。

可是他那一刀勢如雷霆的劈下去，白欣如柔弱無力的劍抬起來，孫庭芳那一刀，竟砍不斷白欣如的劍，反被引了開去，連交碰時的聲音也沒有。

孫庭芳心中不禁一慄，道：「素女劍法？」

白欣如沒有回答，她的劍已代她回答：陰柔的綿劍已包圍住孫庭芳，孫庭芳大喝一聲，人刀合一，竟成刀芒，破劍網而出。

人說只有「馭劍之術」，從沒有「馭刀之術」，孫庭芳這一刀，雖還未到人刀完全合一，但聲勢之猛，已經到了無堅不摧的地步。

白欣如驚叫一聲，除非她痛下殺手。否則只得讓孫庭芳衝出，她略一遲疑，劍網已圍不住孫庭芳。

孫庭芳人才衝出，借勢一點，直欲掠出樹林，猛見前面一道劍光，只見白衣，不見人影，竟是真正的「御劍之術」！

孫庭芳無法躲閃，硬起頭皮，運力於刀上，以「馭刀法」一拚「馭劍法」！

「叮！」兩人交錯落下，孫庭芳返身迴刀，便欲劈下，周白宇劍自肘下穿出，及時刺入孫庭芳的胸膛。

孫庭芳沒有慘叫，他的刀鬆脫，手指無力，那一刀，他再也斬不下去了，他幾乎是立時死去的。

周白宇緩緩抽劍，孫庭芳倒下，周白宇慢慢還劍入鞘，道：「他本來不會死的。我以正宗的『馭劍術』破了他的『馭刀法』，本可及時用快劍刺死他的，但我沒有下手，可是他還要劈死我，我除了一劍立時了斷他的命外，我自己也沒有活路了。」

白欣如也嘆道：「他的武功很好，本來不應該做這種事的。真想不到這麼多江湖好手都為『絕滅王』賣命。」

周白宇喃喃地道：「不知時將軍、伍寨主等截不截得下楚相玉？」

沖天大火在遠處燃燒著，映照得雪光不似雪光，倒似有點像血光。

雪花已遍鋪了大地，在一條不易被辨認得出來的小道上，緩緩行著四個人。

這四個人走著，幾乎連腳步聲也沒有，他們很輕很輕地疾走著。就像不知寒冷，全無感覺一樣。

前面的一個面相如玉，神閒氣定，已到了英華內斂的境界；他身旁的一人，高瘦頎長，腰間一柄長形彎刀，沒有刀鞘。

後面的兩個人，臉目相似，一個高瘦，一個癡肥，煞氣嚴霜，形狀雖怪，但隱然一代宗師的氣派。

第一個人是聞名天下的「絕滅王」楚相玉，身著黑色大袍，但更顯臉色如玉；第二個便是出賣「鐵血大牢」的「長刀」沈雲山；第三個是時正衝，第四個是時正鋒，這兩人合起來叫做「時家雙惡」，又名時大惡、時小惡，又叫做「嶺南雙惡」，外號還有「天劍絕刀」之稱。

這四個人走在一起，武林裡只怕沒幾個人能惹得起他們。

當然這四人當中，還是以沈雲山爲武功最弱。

沈雲山好像很高興，輕輕笑道：「主公，這次時震東等一定被我們甩脫了。再過五十里，您的舊部屬便會來接您，再收復三幫六派十三舵，咱們進軍京師，我沈雲山，也一償隨你打出江山的心願。」

沈雲山說的話，時震東沒有聽見，因爲他們四人距離仍遠。

漫山都是積雪，就在這兒，每一堆積雪後面，幾乎都藏了一個人，一共藏了二十六人，每一個人，都有一張強弩，弓上有三根箭，三根箭箭尖都塗有劇烈的麻藥。

這麻藥是天下第二毒所製的，武功再高的人，被滴在血管裡只一滴，都得麻痹半天。

這二十六人，是時震東自滄州帶出來四十名軍士的殘存者。

這些軍士，自非泛泛之輩，每個人都是驍勇善戰，武功精湛的人，這二十六個武者如此伏擊這四個人，也是他們畢生的第一次。

就連伍剛中，也是畢生的首次伏擊他人，所以心中十分不安，連時震東也有些壯士無顏之慨，這點周冷龍是看得出來的。他天性比伍剛中狡猾，比時震東機智，只眼碌碌的看了看二人，低聲道：「將軍、伍寨主，鐵兄要我們伏擊『絕滅王』，也情非得已，他畢竟是捕快，知道如何捕人。況且『絕滅王』武功高絕，用麻藥箭射倒他，可免我方傷亡太重。」

柳雁平在一邊也道：「況且鐵神捕要我們只射『絕滅王』，不射別人，不會誤殺其他三人的。」柳雁平本來就是十分機靈的人，他見時震東憂慮，以為他不想射殺那兩個兄弟：時正衝和時正鋒，所以特別這樣說。

時震東長嘆一聲，道：「我倒不是憂慮這個。我們如此暗箭傷人，是有失光明磊落，不過『絕滅王』武功奇高，鐵兄、周老弟、白姑娘等還沒有趕回來，也只好非用此法不可了。」

伍剛中冷哼一聲道：「把箭全射向『絕滅王』，鐵手也不是那個意思，只是『絕滅王』武功高絕，咱們全向他招呼也未必能真的放倒他，若分四個人來射，力量分散，只怕功敗垂成，至多不過只殺傷了沈雲山，反而不美；不如集中力量，射倒了楚相玉。唉，這『絕滅王』，武功深厚，未能與之放手一搏，確爲人生一大憾事也。」

時震東忽然沉聲道：「噤聲，他們近了，扣暗青子在手。」

伍剛中、周冷龍、薛丈二、原混天、柳雁平、田大錯各自手上扣住了暗器，靜靜伏待。

各人靜靜地伏在雪堆上，呼息的熱氣融落了雪花，雪仍飛飄，各人竟覺得熱而不冷。

楚相玉、沈雲山、時家兄弟，已走得很近了。只聽楚相玉低沉而威重的聲音道：「不要把時震東將軍估計得太低，那一把火，只怕『天殘八廢』也討不了便宜，不過那八人殺戮太重，去了也好。……我們還是小心爲重！」

四人行著，聽著，忽然間，一個威嚴的聲音道：「打！」

剎那間，打出來的暗器、箭矢，比雪花還密了十倍。

有的暗器發出破空的聲響，有的暗器有雷霆之聲，有的暗器旋轉而來，有的暗器根本沒有聲音，更厲害的是那一排排的箭，比雨點還密。

楚相玉一抬頭，彷彿突然看見雪中有傾盆大雨！

他臉色變了，刹那間已脫下黑袍，露出紅色勁裝！

這漫天的暗器，一個人縱有七手八臂，也接不來。

以楚相玉的武功，暗器飛到三尺之內，本可用內力震下來，可是這百來樣暗器，猝然而發，楚相玉根本來不及運功，況且發箭的都是內力渾厚的人。

沈雲山完全呆住了，如果箭是向他射來，他早已變成了刺蝟。

「噗！」一枚青鱗鏢打向楚相玉胸前，楚相玉及時一側身，那一鏢打入左肩上，那一鏢是周冷龍發的。

「嗤！」一柄金刀也插入楚相玉的右腿上，這一飛刀是時震東發的。

楚相玉中了兩鏢，沒有第三枚暗器再能打中楚相玉了。

因爲楚相玉忽然沖天而起，全身變了一片黑雲！

他的黑袍已除下，在他手裡舞成一片黑雲，所有的暗器打在黑袍上，就像打在鐵板上，全被震飛。

除了時震東的一記飛刀、周冷龍的一枚青鱗鏢及時擊中楚相玉外，其餘的暗器，都來不及擊中楚相玉，便被捲飛出去！

第一排暗器剛剛射完，第二排暗器立即扣上。

可是「絕滅王」絕不讓第二排暗箭有發射的機會。

他全身如一片烏雲，剎那間已沖入道旁的雪堆裡，同時間慘呼響起，四名軍士的屍身飛起，咯血紅了雪地！

時正衝、時正鋒也立即衝入伍剛中那一群裡，速度之快，連「三手神猿」周冷龍也未及發出一鏢。

四名軍士立即截上了他倆。

同時間，那四名軍士只剩下兩名。

因爲時正鋒手上已有了一柄劍，劍上滴著血，時正衝手上握了柄刀，刀沾血更顯鋒利！

那兩名及時退開的軍士是岑其藏與卜魯直，要不是他倆比其他軍士都強一些的話，早已沒命了。

他們怔在那兒，因爲適才時正衝與時正鋒刀劍之勢，已把他們嚇呆。

時正鋒、時正衝已衝入雪堆裡，他們二人，果真是勢不可擋！

這時只聽時震東沉威而有力的聲音道：「圍捕楚相玉！伍寨主、大錯，我們來應付這三人。」

時震東的話一說出，震得人人耳邊轟然一響，楚相玉已中麻藥毒鏢，應趁此擒住才是，不能給「天劍絕刀」等人衝亂了陣腳。

伍剛中立時像一支箭般的射了出去，銀劍一劃，「仙人指路」，雷霆萬鈞之勢，直刺時正鋒。

時震東話才說完，提四十八斤鉛鐵重槍，「呼」地劃了三個金圈，「天火三耀」，直扎時正衝。

田大錯大吼一聲，雙掌一錯一分，「碎屍萬段」，直衝沈雲山。

時正鋒大叫一聲，反刀撩了上去，招法迅急、奇詭，直逼伍剛中。

時正衝怪叫一聲，劍走偏鋒，斜刺而出，反攻時震東！這對兄弟一旦見面，真的拚出了性命！

沈雲山一時被嚇呆了，但田大錯雙掌一起，「嗆」地一聲，沈雲山腰間足有七尺長的細刀已出鞘，橫斬田大錯腰部：「橫掃千軍」。

一時間，六人三對，已殺了起來。

周冷龍立時省悟自己目下的要務，放眼一望，楚相玉竟不見了。

楚相玉在混亂中衝入軍士陣中，瞬間已殺了四人，但他卻忽然不見了，就似從空氣中消失一樣。

楚相玉既沒有衝出雪堆，也沒有倒退回路上，更沒有再殺人，忽然間沒有了動靜。

周冷龍卻知道他們必須要在此時找到全身發軟了的楚相玉，一旦藥力已被「絕滅王」逼出，只怕難有人再制得了他。

想到這裡，他全身發熱，心跳急速，也不知是興奮，還是緊張！

周冷龍擊掌二下。躲在雪堆後的二十名軍士，全都站了起來。

——本來是二十六名軍士，但四人已死在楚相玉手下，兩人死在「嶺南雙惡」刀劍之下，只剩下這二十人。

周冷龍道：「楚相玉在那裡？」

「我看見他衝入雪堆中。」

「他殺了錢世勇。」

「他剛才掠過這裡，像一陣風。」

「我們都擋他不住，金勢威也死在他手下。」

「他好像流了很多血！」

「不，他是穿紅色的勁裝。」

「他不見了。」

「他的黑袍在這裡。」

周冷龍心中大亂，那些軍士也十分茫然。周冷龍飛躍過去，只見楚相玉的黑袍確在雪地上，像一隻黑蝙蝠，掛滿了箭枝和釘滿了暗器，有二處沾了血珠，看來楚相玉的確是受了傷，而且傷得不輕。

可是楚相玉卻不見了，他在那裡呢？

不管他衝出去還是退回，那四十隻眼睛必然看得見。

周冷龍心中一動，楚相玉必像軍士一樣，躲在雪堆裡，這片地方的大小雪堆，竟有數百，原本都是岩石，現在披了層厚厚的雪。

過了這雪堆，又是一片平地，楚相玉要逃，沒有理由會看不見的，何況他穿的是與雪地鮮明對照的衣服，更且他受了傷，中了麻藥。

所以楚相玉一定是躲進雪堆裡養傷，企圖逼出藥力。

——獅之百獸之王，若是受了傷，也只得找一個黑洞養傷。

周冷龍跟了時震東這麼久，已養成一種特有的決斷力，他沉聲道：「他中了麻藥，躲了起來，找每一處雪堆，每一處可以藏人的地方，搜！」

他「搜」字一出，柳雁平領了五人，立即在東面開始搜索；原混天也領了五人，從南面搜索；薛丈二亦領了五人，自西面搜索；其餘五人，跟在周冷龍身後，仔細去北面搜索。

這種四面地毯式的搜索方式，縱躲得再隱蔽，躲得再快，也得被搜出來，否則，最終也得被逼至中央，四面是敵。

時震東麾下受過嚴格兵法訓練的部屬，與「南寨」的兩大高手，都是非同凡響的。他們的搜查精細、嚴密，每一寸雪地，用劍刺過，凡過處的積雪，都被推倒了下來。

這一來，雪堆再也藏不了人，少了後顧之憂。

地上倒下四名軍士，血灑雪地，他們若還活著，能不能指出楚相玉在那裡？

他們不放過一草一木，但楚相玉呢？

楚相玉像真的不見了。

◇◇◇

「天劍絕刀」不是兩種兵器的名字，而是一種以刀劍爲主的陣法！

時正衝和時正鋒衝來的時候，正是用這個勢不可擋的陣勢！

可是時震東一上來便估計正確，以伍剛中截走了時正鋒，他自己以一根長槍，纏住了時正衝，破了他們刀劍聯手之勢。

時正鋒的刀法凌厲、詭異，是伍剛中平生僅見的。

伍剛中的劍法奔雷閃電，也是時正鋒聞所未聞的。

這兩人一交上了手，便拚出了真火。

時正鋒一上來便用「鐘馗捉鬼」、「醉丐打鑼」、「獨劈華山」、「開山碎石」等招式，步步進迫。

豈料伍剛中也不避反進，以「長蛇入洞」、「直搗黃龍」、「長空萬里」、「碧落紅塵」等劍式，反刺過去。

兩人打了一陣，只進不退，轉眼間已貼身相近，刀劍過長，只好出掌，砰砰打在一起。

時正鋒本來刀法歹毒狠辣，沒有料到這年邁的老者，居然比他還好勇鬥狠，只攻不守，兩人一貼近，時正鋒便用自己數十年苦修的「開碑掌」，意圖一掌把這老人催倒。

兩人互擊之下，時正鋒只覺此人不但不年老力衰，而且掌力奇高，內力充沛，自己的「開碑掌」竟攻他不下，時正鋒心中一凜，「白鶴沖天」，沖霄而起。

伍剛中一個「旱地拔蔥」，也忽升而起，每人原地而躍，故仍是貼身而上，

「呼」地伍剛中又攻出一掌。

時正鋒先起，伍剛中後起，但卻後起先至，不在時正鋒之下，時正鋒心中一驚，一個念頭疾閃而過，江湖上傳說有個「南寨」，列爲「武林四大世家」，老寨主年逾七十，但內力、輕功、劍法，乃稱天下三絕，莫非就是這銀鬚紅臉的老人？

時正鋒知道，他的刀法不在伍剛中的劍法之下，但內力略遜一籌，輕功卻差了好一些，可是掌已劈來，他不得不硬著頭皮硬接。

那邊的時震東，以一根長槍，與時正衡的鐵劍，正打得興起。

長槍鐵劍，都是極其沉厚的武器，但這根長槍，被時震東舞得迅若遊龍，鳳翔於空；那柄鐵劍，也被時正衡舞得時輕時重，忽東忽西，可剛可柔。

時震東槍花「霍霍霍」三槍，正是「三人同行」，這招在鐵手與戚少商那一戰裡也有用過，時震東現下以槍使用，更加巧妙凌厲，這招勝在變幻莫測，三槍之中，只有一槍是真的，每招槍似真似假，難以捉摸，時震東以這招不知挑下多少沙場名將！

時正衡臉色大變，突地吐氣揚聲，全力一劍刺出，「嗆」地一聲大響，劍槍已然相交。

時震東這一招已被封住，原來時正冬（震東）、時正衡、時正鋒三人，本是兄弟，本來叫做「神槍、天劍、絕刀」，三人武功相互十分熟稔，兄弟反目後，各人互思攻破對方的招式，時正衡剛才那一劍便是「必有我師」，剛好封住了時震東變幻莫測的長槍。

兩人震得手臂發麻，時震東大喝道：「棄劍投降！」

時正衡冷笑道：「你棄槍投降我今天也不會放過你。」

時震東怒道：「你——你敢對哥哥這樣說話？」

時正衡笑如夜梟，道：「有什麼不敢，爹娘我們都敢殺，何況是你！」

兩人一面說一面打，手下全不容情。

時震東道：「你——你已無藥可救，我就毀了你，以祭爹娘在天之靈！」

時正衡大笑道：「毀吧，若今天殺不了我，我和正鋒必有一天闖入滄州府，殺了你全家！」

時震東大喝道：「你這狼心狗肺的東西！」

忽然長槍一橫，直推了過去。

時正衝一怔，他自小就熟悉時震東的武功。反目後他們也交手數次：一次是時震東擊敗了他，卻沒有殺他，要他改過自新，黯然而去。一次是時震東沙場血戰而歸，十分疲憊，時正衝乘機出手，兩人各負重傷。第三次是時正衝、時正鋒合擊時震東，重創了他，但被時震東的部下救走。這三次交手，時正衝從來沒有見過時震東用這種招數，莫非是他新創破「天劍」的招數，時正衝心下一凜，急急身退！

時震東這一招「橫槍」，本就是破「天劍」的妙著，但是時正衝只退不攻，「橫槍」的妙用就發揮不出來了。

時震東心頭大恨，用力握槍，「拍」的一聲，槍柄中折為二，時正衝忽然向前衝出。

這一下突變，沒有能形容他的速度。

時震東槍一斷為二，時正衝立時知道，這是千載難逢的反擊良機。

時震東的「神槍」已斷，沒有人會願意錯過這種機會。

每個人在急退的時候，都極難猛停住的。

時正衝不但能，而且他根本不用停住，便由退轉而前衝。

他一衝出，一道劍光，直刺時震東胸膛！

但時正衝立時知道中計了！

時震東斷槍爲二，竟成了一棍一槍，棍架長劍，槍已如靈蛇一般飛來，抵住了時正衝的咽喉。

這才是真正的破「天劍」的「神槍」絕招！

時震東料定時正衝一見破綻，定必全力搏殺，沒有留下後著。

沒有留下後著往往就是死路。

不是你死，就是我亡！

時正衝現在還沒有死，是因爲時震東不忍心下殺手。

他終於明白：神槍與天劍，不相上下，但神槍有兩柄，一柄架住天劍，一柄便可以殺了使天劍的人了。

因爲要一擊而中，所以時震東並不先使兩柄槍，而在半途扼斷，才能夠一擊收效。

時正衝呆住，忽然間，一個人向時震東背後飛撞而來。

這人正是時正鋒。

這時時正鋒與伍剛中交手第二掌，兩人全力相擊，因身在半空，伍剛中被震退七尺，而時正鋒卻退飛丈遠。

時正鋒的退飛，剛好撞向時震東的背部。

時震東只有兩條路走：一條是避開，一條是借助時正鋒一撞之力，向前一衝，可卸去大部分的力量！

否則伍剛中那一掌的力量，至少等於有四分之一擊中自己。

可是時震東兩條路都不肯走，他既不願意走避讓時正鋒撞在時正衝的劍尖上，也不忍心向前一衝槍尖便刺入時正衝的咽喉上。

所以他只有硬捱，更不忍運功力反震傷時正鋒。

這兩人雖千般不好，但畢竟還是他的兄弟。

「砰！」時震東被撞得咯了一口血，左手槍尾反打，已點中時正鋒膝間兩處穴道，時正鋒雙足一軟，跪倒了下去，反過身來，刀才舉起，時震東的槍尾已輕輕壓在時正鋒的天靈蓋上。

也就是說，時正鋒一有妄動，他便可以立即把時正鋒打死；他的右手槍尖，仍頂住時正衝的咽喉，一動也不動，時正衝已嚇得臉無人色，只要槍尖前送半寸，他便活不成了。

伍剛中見時正鋒撞中時震東，心中大驚，但見時震東已雙槍制雙惡，而自己咯著血，心中很佩服起時震東來，一面走過去，一面道：「將軍——」

忽然時正衝慘笑道：「罷了，大哥，我不是你對手，還是死了乾淨。」說著竟閉目仰頭，向時震東的槍尖撞了過去。

時震東一來沒料這個惡性難改的弟弟，竟如此壯烈；二是被那一聲二十年來未聽過的「大哥」，叫得心血賁動起來，「哇」的吐了一口血，千鈞一髮間，把槍一偏！

「嗤」一聲，槍尖還是在時正衝的頸上劃了一道淺淺的血口。

可是時正衝的劍，忽然送出。

「噗」，劍刺入時震東的肚子，自背後穿出。

伍剛中自後面見時震東全力避免不殺時正衝，又見時正衝衝入，然後是一柄血劍，透背而出。

伍剛中心中一涼，虎吼一聲，如一隻大鵰般飛撲過去。

但已經遲了。

時震東沒有料到時正衝會下此毒手，中劍、痛吼，右手高舉的槍尖，全力插下！

時正衝拔劍不及，槍刺入腦中，眼前一黑，手一鬆，劍仍留在時震東腹中，倒下。

那軟倒跪地的時正鋒卻忽然乘機用手抓住了槍尾，一刀虎地劈出，劈在時震東背上，幾乎把他劈成兩半！

伍剛中已至，一劍「血債血償」，閃電般刺出。

時正鋒聽得破空之聲，欲閃避，足無力，被一劍貫胸而過，立時身死。

伍剛中扶住時震東，時震東目光散亂，一頭一臉都是血，掙扎道：「……一定……一定……要抓到楚……」

伍剛中點點頭，時震東沒有說下去，喘息了一陣，看看地上，忽然掙扎道：「……要把我們三人葬在一起，我們兄弟，生時不和，死時——」

忽然聲音嘶啞，已經氣絕。

伍剛中慢慢放下時震東的屍體，怔怔地看著手上的血發呆。

時震東之所以叫田大錯鬥沈雲山，因爲在那大混亂的刹那，時震東仍沒有心亂。

因爲他管轄之下的四名統領，以田大錯武功最高，勝一彪次之，沈雲山第三，柳雁平居四，田大錯戰沈雲山，至少有七分勝算。

現在七分勝算已變成了十分。

沈雲山的長刀，刀光閃閃，一丈以內的雪，都給他的刀風刨個清光。

可是，他的長刀卻逼不走田大錯的金衣。

田大錯與沈雲山交手迄今一百四十二招，田大錯只做了一件事，那就是一步一步地向沈雲山逼近。

田大錯每逼近一步，沈雲山的長刀威力便少一分。

田大錯雖然平常莽急，衝動，但此刻他與沈雲山交手，夠威、夠猛，也夠沉著、冷靜。

因爲他在與沈雲山相識的日子裡，與他正式因事衝突而交手，已經有七次。七次以來，田大錯勝四次，和一次，被打倒兩次。那被打倒的兩次，都是因爲他急功好勝，失手而被擊倒的。

因爲有這七場戰鬥的經驗，終於叫此刻的田大錯步步爲營，沈雲山凡遇敵手稍有破綻必不放過的「長刀迴天捲地四十九式」，便絲毫沒有用處了。

田大錯已經逼得最近，沈雲山的長刀簡直已經施展不開來了。沈雲山急退，田大錯急進。沈雲山左避，田大錯左衝。沈雲山右閃，田大錯右截。沈雲山始終逃不出田大錯的「分金手」，而「分金手」已衝破了「長刀陣」。

沈雲山汗水涔涔而下！

這時時震東、時正衝、時正鋒三人，已互拚身死。

周冷龍與柳雁平匆匆走來，他們已翻遍了每一草一木，什麼都找不到，正欲向時震東報告，赫然知道，時震東已經死了，剎那間悲慟襲來，呆立當堂。

田大錯這時已全力搶攻，他已貼近沈雲山，再也不怕他的長刀了。

雪地裡人影疾閃，兩名白衣人不帶一絲風聲，趕到這裡，看見時震東橫屍於地，也怔住了。

他們正是白欣如與周白宇。

田大錯一招「虎爪青鋒」，已抓住沈雲山的長刀，沈雲山一轉身，左手一個肘錘打下去，蓬然撞在田大錯心口上，田大錯還是挨了一記。

可是沈雲山還未來得及把肘縮回，田大錯已抓住他的手，分筋、錯穴，「格勒」一聲，沈雲山左臂折斷，田大錯口溢鮮血。

又一陣腳步聲傳來，帥風旗帶領著二十名差役也趕了過來，鐵手跟在後頭。

鐵手心頭很沉重，因爲他今天殺了很多人。

他平時只逮人歸案，很少作無故或無辜地多施殺戮。

但是他今天卻連殺了六個人，六個殘廢的人。

還有兩個，雖不是他親手所殺的，但無疑也是爲了他，那兩人才會給帥風旗和那二十名差役殺死。

田大錯這時越戰越勇，施「大擒拿手」，第二次拿住沈雲山的長刀，這次沈雲山怎麼掙扎也掙扎不脫了，何況沈雲山只剩下了一隻手。

沈雲山忽然一起腳，以腳背疾撞田大錯的鼠蹊穴！

田大錯這次已有了準備，雙膝一夾，「格」一聲，沈雲山的足踝被夾碎！

沈雲山慘叫，豆大汗珠疾湧而出，田大錯左掌切沈雲山右腋，右手一拖，沈雲山的右手立時又脫了臼，長刀落下。

沈雲山已失去鬥志，痛得死去活來，蹲在地上，不住呻吟，青筋滿臉。

田大錯眼珠子都紅了，他與沈雲山交手七次以來，只有這次他掛彩最輕，吼道：「你這吃裡扒外狗崽子，要不是你，將軍怎會死！你——」握拳又要搥去，忽然有一隻手握住了他的拳，就像鐵鉗挾住了鐵釘一樣。

那人當然就是鐵手。

鐵手向田大錯輕輕道：「不要殺他，我們得要依法審問。」田大錯緩緩放下了拳頭，周冷龍點了點頭。

地上沈雲山，忽然嘶聲大叫道：「你們有種就殺了我吧，我不要回大牢，楚相玉會替我報仇的，一個個的把你們殺乾、殺淨……」

沈雲山曾經是「鐵血大牢」的統領，他親眼見過「鐵血大牢」的情景，他寧願被打死當堂，也不願再回大牢，何況經過這一次後，是不會再有人能從「鐵血大牢」裡逃得出來了。

周冷龍沉聲道：「沈雲山，你受朝廷的薪俸，你承將軍的大恩，卻做出這種事情來！」

沈雲山在雪地上哈哈大笑，如夜梟啼，十分悽厲，他雙手一足已經折碎，不能動彈，但雙目發出火焰，似想跳起來把人吃掉，「哈哈哈哈……我有什麼不對？我有什麼不好？朝廷幾時體恤過民心？時將軍雖待我不薄，但我老母在跪聽聖旨時，打了個噴嚏，傳到皇帝耳中，便斬了我全家！——要不是將軍維護我，我早死廿八次了！這是什麼聖上！何不讓給楚相玉去做，他重用我的才幹，看得起我，我為他效勞，又有什麼錯？——如果我成功了，楚相玉也成功了，那我就是朝廷開國功臣，一品大將了，那時你們巴結我還來不及哩！哈哈哈哈……」

忽然，他眼中又射出了狂焰，道：「時將軍恩義未報，是我不對，但對你們的情義，我在大牢裡力阻，不殺你們，已算是報了！」

八 虎落雪原

鐵手等人一時語塞。田大錯厲聲道：「騙鬼！你在牢裡不殺我，我感激得很！爲什麼你不饒了老勝，勝一彪死在你手，你還稱不稱得上狼心狗肺！」

雪花亂飄，北風怒吼，打在沈雲山的頭上、身上、臉上，沈雲山的臉上，一片茫然：「沒有！我沒有殺勝一彪！你們三人中，我跟他感情比你還好——」

柳雁平忽然激動得臉也紅透了，年輕人本就是易激動的，但年輕沉著的柳雁平，絕少如此激動過，大聲道：「你還想抵賴——我要替勝大哥報仇！」步法一錯，雙刀刺出。

沒有人料到柳雁平會猝然出手的，至少有四個人立時出手制止，那是鐵手、周冷龍、周白宇和白欣如！

鐵手的出手是必然的，周冷龍的出手是應該的，周白宇和白欣如的出手，一是要聽沈雲山說下去，一是同情和不忍！

他們的出手自然快得過柳雁平的刀，可是柳雁平不知何時已走得十分貼近沈雲山，一閃步，雙刀已刺向沈雲山的胸膛！

沈雲山只有一條腿是完好的，他畢竟是「鐵血大牢」中的高手，論武功，甚至在柳雁平之上，他立即抬腿，踢飛了柳雁平的右手刀。

可惜他只有一條腿。柳雁平的左手刀全沒入他的胸膛。鐵手、周冷龍、周白宇、白欣如都已遲了一步。

沈雲山雙眼一翻，鐵手立即扶住他，只聽他掙扎道：「我……我沒有……殺……」以後他的聲音便被風雪蓋住了。

周冷龍沉聲說道：「小柳，你太衝動了。」

柳雁平垂首道：「我——我恨他殺人不認賬！」

鐵手道：「他沒有不認賬，人不是他殺的。」

柳雁平聽得一震，田大錯吼道：「什麼，你說勝老大不是他殺的。」

鐵手點點頭，一字一句的道：「勝一彪勝統領不是他殺的。」

周冷龍皺眉道：「莫測高深。」

鐵手道：「我早已懷疑此事，兇手不是沈雲山，而是另有其人。」

柳雁平激聲道：「兇手是誰？讓我殺了他。」

鐵手冷冷地道：「你不會殺他的。」目光如電，釘子一般釘在柳雁平的臉上，道：「兇手是你！」

◇◇◇

所有的人都怔住。

柳雁平訝然道：「鐵兄別鬧這種玩笑。」

鐵手緩緩地道：「田統領，沈雲山帶人闖入『鐵血大牢』時，你被點倒了，『天殘八廢』要殺你，是沈雲山制止的，是嗎？」

田大錯點點頭道：「是。」

鐵手道：「我聽『鐵血大牢』的人說，勝一彪的脾氣不好，不單與沈雲山有過磨擦，跟柳雁平也十分不睦，只有跟田統領交情不錯。」

周冷龍點點頭：「不錯，我記得這四人中相打得最頻的是勝統領和柳統領——柳統領平日倒很少與田統領、沈統領等衝突過。」

鐵手道：「我查出了這點，便覺得有些不對勁，沈統領放過田統領，沒有理由卻殺了勝統領的，於是我著意去查。」

柳雁平已然臉色發白。鐵手道：「一查之下，我發現了幾個疑點：柳統領告訴諸葛先生說，沈統領劫人時他不在，待他一回來，便匆匆追敵去了；田統領的穴道是他解的，他說他衝入第三牢裡時，勝統領已死了，你是不是有這樣說過？」

柳雁平冷笑道：「不錯，我是這樣說過，這又有什麼好懷疑的？」

鐵手道：「那穴道你會不會解？」

柳雁平冷笑道：「我一解就開了。」

鐵手道：「那是什麼穴道？」

柳雁平道：「解開穴道我發現勝大哥已死，那裡還記得那是什麼穴道。」

鐵手道：「你一發現勝統領死後，便去追敵？」

柳雁平道：「正是。」

鐵手道：「可是田統領被你解開穴道之後，並沒有立刻去追敵，他先去安頓一個婦人，然後再去追沈雲山，守衛們都看見，你一出去，田統領就跟著出去。也就是說，田統領撫慰那婦人的時間並不算很短，但你在第三牢的時間耽擱得更長，那時你在幹什麼？是解穴？還是痛罵勝統領之後，殺之復仇？」

柳雁平臉色又青又白，雙拳緊握，全身竟顫抖起來。

鐵手道：「還有，獄卒都死在『天殘八廢』的毒蛇下，勝一彪的傷口卻是刀傷，刀扁而闊，是短刀而不是長刀，無論是獄卒的刀或沈雲山的刀，都劃不出這樣的傷口來。」

這時每一個人的眼睛，都注視著柳雁平被沈雲山踢掉的刀，鐵手卻指著沈雲山的傷口道：「勝統領的當胸一刀，和這一刀一模一樣！」

每一個人都用憤怒的眼神盯著柳雁平；田大錯忽然吼道：「是了！小柳曾和勝老大打過一場，因勝老大罵他娘娘腔，小柳輕功要得，勝老大的鐵膽更要得，一膽飛中小柳的腿，小柳便飛不起了，勝老大說——」

柳雁平的臉忽地漲得通紅，道：「他說我是：『嬲種，連鬍子也不生一根，做我老婆好商量』！」

田大錯道：「勝大哥罵人都是這樣，他罵我不也是一樣！狗娘養的，只有你才會記在心頭！」

鐵手嘆息了一聲，一個男人被人家這樣罵法，是非記在心頭不可的，勝一彪罵田大錯，可能罵別的，不過無論如何，也不會像罵柳雁平一般傷人心。

柳雁平反而鎮定了起來，冷笑一聲，道：「我是記仇記恨，但並不等於就是我殺他。」

鐵手突道：「全滄州『鐵血大牢』的獄卒都說，勝統領的慘叫聲響起時，卻正是沈雲山快跨出『鐵血大牢』時，除非沈雲山分身有術，否則——」

柳雁平的臉色更白了，周冷龍沉聲道，「小柳，你不該選那個時候公報私仇的，這樣做，令劫獄者逍遙法外，害死了時將軍——」

柳雁平強作鎮靜道：「我不承認，你們只有懷疑，沒有証據。」

鐵手突道：「你本不該殺死沈雲山，以嫁禍給他，因爲根本有人親眼看見你做這種事。」

柳雁平變色道：「誰？」

鐵手道：「勝一彪。」

柳雁平大笑道：「他是死人！」

鐵手冷冷地道：「他還沒有死，你那一刀，只刺在他的肩胸之間，沒有傷及心臟。」

柳雁平仰天大笑道：「說謊，說謊，那一刀明明刺中他的心窩——」

他忽然住嘴，再也笑不下去了，只見每一個人都望著他，目光那麼冷，那麼厭惡，他恨不得立時打扁自己的嘴，叫它再也說不出話來。

柳雁平的目光如火，仇恨的火，盯住鐵手，彷彿想把他燒死。

只聽周白宇道：「難怪人說『武林四大名捕』一向絕少用刑，但犯人到了他們的手上，絕少會不說真話，今日才得一見。」

鐵手道：「用刑太殘忍了，萬一冤枉，不是對別人傷害太大？又或逼打成招，豈不是於事無補？六扇門的人，還是少用刑的好。」

白欣如笑道：「人人都如鐵先生的想法就好了，六扇門也不會那麼聲名狼藉了。」

周冷龍冷冷地向柳雁平道：「小柳，時將軍已殉難，可是你做出這種事，無論是誰，也不能容你。」

柳雁平忽然低頭哭泣，道：「我……我錯了……」

風雪呼號，鐵手、周白宇等不禁掩然長嘆。

人還是不要做錯事的好，一旦做錯了事，後悔已經來不及了。

可是人做錯了事，往往還要錯下去！

柳雁平忽然如燕子般掠起，飛起一腳，踢中沈雲山的屍首，沈雲山的屍首直撞鐵手，他自己卻一個「細胸巧穿雲」，倒飛了出去，

鐵手接住沈雲山的屍首時，已攔不住柳雁平了。

周冷龍、田大錯的輕功，遠不如柳雁平，白欣如卻措手不及，周白宇也沒想到，但他立時竄了出去，閃電般刺出一劍。

柳雁平半空翻身，變成了「燕子三抄水」，一掠而過，周白宇一擊不中，他已遠出丈外。

眼看他就要逃脫而去時，忽聽後面衣袂之聲，眼前一花，一個人已在身前，一招「唐山留客」已攔住了他。

如果柳雁平是輕功中的高手，伍剛中就是輕功中的祖宗！

周冷龍眼見柳雁平就要逃脫，雙手一場，八件暗器，向柳雁平呼嘯打到。

柳雁平被伍剛中一阻，惡向膽邊生，一刀刺去，刀刺出時是「過關斬將」，中途時成了「蘭舟催發」，刀真正到伍剛中身上時就成了「刀不留人」！

一招三變，防不勝防！

伍剛中招式不變，一掌擊出，狂飆吐生，純內家勁力撞向柳雁平。

刀未到，掌風已至，柳雁平當機立斷，借勢向後疾退，以避開伍剛中的掌力。

正在這時，周冷龍的暗器已打到，伍剛中的掌風厲嘯，恰好遮蓋了暗器的劃空呼嘯。

柳雁平等於背向暗器，撞了過去。

他發現時，一枝鋼鏢，一支三梭透骨釘，已打入他的背部。

他猛地「鷂子翻身」，才轉過來，一枚金錢鏢，一支五虎斷魂箭，又打入了他的前胸。

柳雁平的刀已立時舞了個風雨不透，四枚暗器都被他砸開，可是他力已竭，人已傷，「噗」又是一枚柳葉飛刀，釘入他腹腔。

柳雁平半空落了下來，臨死前問了一句話：「勝一彪是不是真的死了？」

鐵手肯定地點頭道：「死了。」

然後柳雁平便帶著微笑死去。

鐵手長嘆了一聲，許是勝一彪死得不冤枉，他罵人也罵得太過分了，令人一生一世，至死也不會忘記。

鐵手猛地記起一事，問道：「楚相玉呢？」

周冷龍苦笑一下，道：「他中了兩件暗器，趁混亂中衝入雪堀堆裡，殺了我們四個人，便忽然不見了，遍尋不獲。」

鐵手趕到此地之後，發現楚相玉並不在場，以為早已給他脫逃，是以才會處理柳雁平的案件，如今一聽，才發覺此事其實更十萬火急，當下神目如電急掃一遍伏甃雪地上的軍士，變色道：「他就在他們之中，快——」

忽聽一個聲音，緩緩地道：「不錯，我就在這裡。」

各人循聲望去，只見在那一群軍士之中，有一個赫然是楚相玉，穿的竟是軍士服飾。

楚相玉緩緩解開身上的軍裝，笑道：「好眼力，我衝入這些人當中時，一共殺了四人，殺第一人取其衣，殺第二人取其褲，殺第三人時取其帽，殺第四人時取其靴，然後衝入人群中，馬上成了一名小軍士，如果我馬上從這裡逃離，必教給你們瞧見，但若混入軍士堆中不爲發現，這點還難不倒我，何況……」

眾人看見地下四名軍士的屍首，果然是衣衫不全，周冷龍心中大罵自己愚蠢，楚相玉除躲在自己軍士之中，還能躲到那裡？可是他居然想不到這點，不禁恨絕！

鐵手笑笑道：「更何況你中的痲藥已發作了，要逃也逃不了，裝成軍士，佯作搜索，反而可以藉此逼出痲藥。」

楚相玉笑道：「猜得很對，而且，痲藥都給我逼出了。」這時楚相玉已除去了軍裝，亮出了一身鮮血一般的紅色勁裝，而臉上仍然笑態可掬，敢情一身才智武功，都到了英華內斂的境地了。

紅衣上有兩處，更紅得燦爛，一處在左肩，一處在右腿上。

鐵手冷冷地道：「藥力可能已逼出了，但傷口不會好得那麼快的。」

楚相玉旁若無人，淡淡笑道：「只要身子不軟麻，這一手一足之傷，還可以讓各位輸得心服口服。」說著舒了舒受傷的手和腳。

眾人不禁嘩然，楚相玉的意思似乎是要擊敗他們易如囊中探物一般，不禁心中大怒，周冷龍喝道：「楚相玉，我要押你回獄！」

楚相玉向周冷龍打量了一下，道：「你就是江湖人稱『三手神猿』的周冷龍？時震東是條好漢，他死了以後，你能帶得了我回去的話，一定能升爲主將了。」然後笑了一笑道：「但你……帶得了我回去嗎？」

周冷龍冷笑道：「那要看你帶得了我回去，還是我帶得了你回去了！」

楚相玉道：「動了手之後，你就死定了，我也懶得拖你屍首回去。」周冷龍勃然大怒，楚相玉也不理他，逕自笑道，「我看你剛才和時震東能各自暗算我一鏢，還算不弱，我手下正需要一些驃勇的悍將，所以才來問你的意思，你們殺沈雲山時我不出手，一方面因藥力未完全逼出，二因我用得著你們，而沈雲山又是你們的死敵，他一旦不死，你們容不得他，他也容不得你們，所以我只好等他先死了。」

眾人聽他這樣漠不關心的對他手上的一名功臣，狠心如此，不禁心寒。

伍剛中氣極笑道：「沈雲山真長了一對狗眼，竟爲你效命！」

楚相玉笑道：「你說我狠毒是不是？我成的是邦國之大業，做的是天下之大事，怎能不出手乾淨俐落？曹孟德、漢高祖，這些真正能經國立世的大英豪，莫不如是！」眾人聳然動容。

鐵手冷笑道：「你妖言惑眾，不怕人神共憤，王法不容麼？」

楚相玉大笑道：「什麼人神共憤，天下英豪那能服膺生下來就做皇帝的人？只要我打得下天下來，我就是千萬人膜拜的神明，也是天子，我說的話，便是王法！」

楚相玉目中精光閃動，繼續道：「我本就是皇帝的表親，因爲我自幼要做出一些驚天動地的大業，所以勤習武，攻兵法，而他心裡妒忌，誣我篡奪他的王位，所以我的妻子兒子全給他一夜間叫大內高手斬了！」楚相玉咬牙切齒，凶光暴現，殺氣如鋒，比冰還冷，刺入每一個人的心中。

「所以我要推翻他，而且要親手殺了他，什麼皇帝，我就是皇帝！什麼天子，我就是天子！我要他死無葬身之地！五湖四海，都有我的部屬，你們聰明的就投誠，否則今夜你們誰也別想活著回去！」

楚相玉如此痛罵天子，鐵手等人都爲之驚住，一時想不出話來反駁，楚相玉雙目如刀，盯著鐵手又道：「你就是『天下四大名捕』之一？」

鐵手道：「我是鐵手。」

楚相玉道：「你剛才一眼就發現我僞裝成軍士，智力很高，手上的功夫必不錯，你投效於我，日後定必爲新朝重臣，不在戚少商之下。」

鐵手冷笑一聲，道：「我只想告訴你一句話。」

楚相玉道：「你說。」

鐵手道：「諸葛先生的人，沒有一個是叛臣逆子，我恰巧就是諸葛先生的四名得力助手之一。」

提到諸葛先生，楚相玉的臉色，也變了。

因爲楚相玉一生戰鬥無數次，從未敗過一次。他三次行刺皇帝，一次是在數千精兵圍捕下闖了出去，一次是力戰大內二十餘名高手不勝而逃，但真正敗在一人手下的，是第三次行刺皇帝時，遇著了諸葛先生，一百招後，慘敗被擒。

百招敗北，在楚相玉來說，可算是奇恥大辱。

所以凡是有人提起這一場戰役，楚相玉必不放過。

鐵手也變了色，因爲他提到諸葛先生，便也想起那皇城一役，諸葛先生在一百招外才擊敗楚相玉，而諸葛先生的武功，遠遠超過自己，楚相玉之所以在一百招後落敗，可能跟環境心理有關係，因爲那時皇城精兵已四面八方圍住了他，分心也可能是落敗的主因。

「否則的話，」諸葛先生曾對鐵手這樣說過，「只怕他至少可以接住我一百五十招，這個人，是我平生罕見的大敵！」

這楚相玉的武功之高，可想而知，鐵手實在沒有把握，他們合力能不能把楚相玉擊倒？

楚相玉臉色變了一陣，忽又笑道：「你是天才，剛才提過的話，算你無心之過，你若投效於我，我絕不追究就是了。」

鐵手仰天大笑，薛丈二沒好氣地道：「楚相玉，你還是看看你今日能否逃得出去吧！」

楚相玉含笑一一看過去，二十名軍士、二十名差役、薛丈二、原混天、白欣如、周白宇、伍剛中、周冷龍、田大錯、帥風旗、鐵手……忽然道：「你們以爲這就困得住我嗎？」

原混天道：「你不妨試試。」

楚相玉撫髯道：「我平生最有名的武功，有兩種——」說著忽然停止，沒有說下去。

周白宇道：「冰魄寒光掌。」

白欣如道：「烈火赤焰掌。」

楚相玉嘉許的看了二人一眼，冷笑道：「有眼光，我左手練的是至寒至陰的掌力，右手練的是至熱至剛的掌功，你們聽好了，待會兒，對付我時，就得要小心點

——我現在要殺那個人——你們出手阻攔吧！」

楚相玉隨便用手一指，遙指向一名差役，那名差役臉色陣青陣白，一時不知如何是好，鐵手等知道楚相玉的意思是要殺這人，給自己等一個下馬威，立時身形展動，圍在那差役的身前。楚相玉說到「阻」字便已出手。

楚相玉一出手，全場四十八人，連同那名差役在內，沒有一個人看清楚楚相玉是如何出手的。

紅影長空閃過，每人心中一凜，俱以爲是向自己衝來的，忙伸手封架，這時半空中才說了一聲「攔」，到了「吧」字時，楚相玉的手掌已擊在那名差役的胸膛上，也是輕輕的「拍」地一聲，那名差役全身一陣抽搐，全身似被烈火灼焦，立時氣絕。

那差役一倒下，眾人立時退開，結成圓圈，圍住楚相玉，楚相玉望了望倒在他腳旁的死屍，道：「這『烈火赤焰掌』，還有『冰魄寒光掌』，這次死的是——他！」

楚相玉用手一指，那軍士立時嚇得僵住了，鐵手大喝道：「全力保護他！」

周白宇、伍剛中、周冷龍三人立時閃到那軍士身前，半月形的迎向楚相玉。薛丈二、原混天守在左右翼，只要楚相玉一過，便從旁截擊。

白欣如、田大錯、帥風旗閃身至那名軍士的身側、身後，準備全力封殺楚相玉的來勢。

天下絕沒有能在這九大高手的維護下一擊而中。

楚相玉能！

楚相玉沒有飛撲，也沒有出擊，他只是忽然一掌擊在雪地上，十尺之遙的那名軍士，忽然全身僵硬，飛彈而起，落下來時已成了一具冰凍的死屍，七孔流血，血成了冰，「冰魄寒光掌」！

楚相玉是用掌把力道傳入地下，再襲向那軍士立身處，撞入那軍士的雙腳裡，再凍僵了他的心脈！

這種「借物傳力」之法，小可以用簫用笛作爲武器，中可以絮以羽作兵器，大可以用旋碟傷人，飛花殺人，傳紙戮人，濺水擊人，但像楚相玉這種「借物傳力」法之巧妙，準確、直接、快速，武林中沒有幾人能夠做到。

鐵手、伍剛中、周白宇、周冷龍的臉色都變了。

楚相玉從容地道：「是不是？日後我便是一國之君，我不會騙你們的。」

鐵手等一時無話可說，第一個差役死時，還可以說對方猝然出擊；但這一次軍士之死，他們已盡全力，卻仍阻攔不住，真的到了不得不服的地步了。

周冷龍擺了擺手，那十九名軍士向後退了十幾步，帥風旗也揮了揮手，那十九名差役也退出十尺之遙。

誰也看得出這干軍士和差役，要戰楚相玉，不過是飛蛾撲火而已。

而這些人後退，就等於說，這九大高手要與楚相玉一拚了。

楚相玉不會看不出來的，「你們硬要跟我鬥，我卻覺得殺了你們可惜！」

鐵手突然大聲道：「諸葛先生手下敗將，也來言勇？」

楚相玉的臉色變了，忽然衝了過來，就像一股巧大的、紅色的急風！

鐵手同時已衝了出去。

這股大力湧來，鐵手根本不避，反而迎了上去。

因爲，他知道，狂飆來時，要避也避不了，要力挽狂瀾，就得有螳臂擋車的勇氣！

沒有人比鐵手更明瞭「置之死地而後生」這句話。

鐵手衝入紅影。

伍剛中、周白宇、白欣如都想出手，但沒有出手，以眾擊寡的事，他們不到逼不得已時，是絕不願意去做的。

這時鐵手急閃了八次，紅影也閃了八次。

伍剛中、周白宇、白欣如看得大汗涔涔而下，如果換作是他們，這八次交戰早已喪在「絕滅王」的手上了。

但是鐵手沖天而起，突破了紅影！

紅影也沖天而起，去勢更快，又罩住了鐵手。

周白宇的臉色變了，當日他與追命力戰無敵公子時，對方雖武功蓋世，掌力無雙，但雙腿卻是大弱點，所以後來才被他們合力搏殺。

而今，這個楚相玉，居然輕功奇高，無敵公子的優點，他都有，而弱點卻都能夠補正過來，已到了無暇可擊的地步了。

眼看鐵手完全被吞沒之際，鐵手忽然急遽直下。

紅影跟著飛墜而下，鐵手又不見了，只剩下紅影閃動，掌風厲呼。

周白宇疾道：「不能講江湖道義了，我們都不是他的對手，鐵兄危險——」

忽然所有的掌風和衣袂之聲，都停頓了下來。

眾人望去，心裡涼了半截。

楚相玉含笑的望著鐵手，他的右手，正箍在鐵手的脖子上，鐵手冷冷的望著楚相玉，沒有叫痛，也沒有求饒，甚至連眉頭，也沒有皺一下。

楚相玉笑道：「當世之下，能接得住我二十五招的年輕人，已經很不錯了。」

忽然厲聲道：「你服不服？」

鐵手道：「服。」

楚相玉仰天大笑，得意至極，道：「你還降不降？」

鐵手道：「不降！」

楚相玉一愕，道：「還要打嗎？」

鐵手斬釘截鐵地道：「打！」

楚相玉笑道：「要知道你的性命，就在我手中——」眾人不禁捏了把汗，誰也不敢上前去救，要知道楚相玉要扼殺鐵手，比扭斷一隻雞脖子容易得多了。

鐵手居然大笑道：「大漢男兒，有一口氣在，便打！」

楚相玉臉色變了數次，忽然抽手退開，道：「你知道我爲什麼要放你嗎？」

鐵手撫著脖子道：「不知道。」

楚相玉道：「我生平愛才如命，尤其像你這種不怕死的人，能做我手下，必定能助我大事。你剛才有意激怒我出手，好讓大家看清楚我的武功招數，才容易對付一些，像你這種踔厲敢死的部下，我到那裡去找？」頓了一頓，向周冷龍等橫了一眼，道：「待我先把他們殺個一乾二淨，看你還降不降？」

鐵手大喝道：「要殺先殺我！」「虎」地一拳擊出。

這一拳擊出，一拳變兩拳，兩拳變四拳，擊到楚相玉身上時，已成了八拳。

可是對手是楚相玉。

楚相玉忽然不見了，鐵手的拳便打了個空！

楚相下一縱一落，三次換氣，已到了那群差役群中，掌起掌落，兩人燒成焦炭，兩人成了冰棒！

伍剛中春雷般的大喝一聲，首先衝到楚相玉身前，一劍刺出，連續劍招一招緊過一招。

楚相玉動容道：「好快的劍！」說了四個字，已還了四十八掌，順手還劈死了兩名閃避不及的差役。

空中又掠起兩道白虹，又急又快，絕不在伍剛中的快劍之下。

周白宇與白欣如！

只見紅影翻飛，兩白一黑的身影圍著紅影不斷地轉動，隨時有三道劍光飛擊紅影。

但與紅影的聲勢比較起來，那兩道白影，只像兩隻白蝴蝶，那道黑影，也只不過是隻喜鵲，而那道紅影卻是捕蝶人、射鳥手！

鐵手才看了一會，就立刻衝上去了。現在是鐵衣、黑袍、兩道白光，力鬥紅影，但片刻間，紅光大盛，其餘四道影子已岌岌可危了。

周冷龍忽然大喝一聲：「閃開！」

兩道白影，鐵衣，黑袍急閃，一剎那間，只留下楚相玉在場中。

同時間，數十支箭已像雨一般地向他射去。

原來周冷龍已安排好那十九名軍士，彎弓搭箭，一旦等人影分開，立刻集中力量，以麻藥箭射向楚相玉。

楚相玉笑聲不絕：「暗算一次成功了，要再來第二次麼？」竟然貼地平飛，雙手連揮，接下來箭，在軍士們未第二次搭箭時，已衝了進去。

同時間，慘叫迭起，六名軍士的屍首已飛了起來。

薛丈二錯步擰身，坐馬沉拳，推窗望月，「砰」地擊在楚相玉的背上。

薛丈二這一擊，少說也有五百斤氣力，楚相玉只往前一衝，便卸盡了他的力道，順手又劈殺了兩名軍士。

「地趟刀」原混天全身化爲一道刀光，直斫楚相玉雙腿。

楚相玉如一頭大鷹般飛起，猛地一沉，一足踢在原混天的頭上，一足踢在原混天的腹上，原混天立時慘死！

周白宇、白欣如分左右衝來。

楚相玉雙掌一撞，周、白二人斜飛而出。

伍剛中目眥欲裂，也衝了過來，一劍當頭劈下。

楚相玉雙掌一拍，竟拍住伍剛中的厚劍，劍身寸碎。

這只是電光石火間的事，伍剛中與薛丈二、原混天的感情本就極好，一見原混天慘死，怒急攻心，猛向前衝，「砰砰」兩掌，打在楚相玉胸前。

楚相玉也沒料到這老人除了劍法快之外，連身法都這麼快，錯愕間兩拳皆中胸前，楚相玉臉色變了一變，血氣翻騰了一陣，卻也沒事。

伍剛中見一擊得手，心中大喜；但楚相玉居然沒事，不禁大駭！

伍剛中外號「三絕一聲雷」，劍快爲一絕，居然給人拍斷了長劍；內功又爲一絕，但打在楚相玉身上，好像沒有事一般，不禁萬念俱灰，起了拚死之心。

殊不知楚相玉修「冰魄寒光」、「烈火赤焰」兩種奇功，內力已至化境，天下已沒有多少人能把他一掌擊傷，連諸葛先生也只得一連八掌，擊在同一處，才能把他打傷。伍剛中能雙掌擊得他血氣澎騰，也算是武林中內功首屈一指的高手了。

而楚相玉被這一擊之下，心中動了殺機！

伍剛中一拳無效，反抓扣住楚相玉胸襟。

伍剛中只想扣住楚相玉片刻，這時鐵手的拳已自背後擊到。

楚相玉忽然起腳，他這一腳，十分怪異，鐵手忽然被踢飛出去！

伍剛中抓住楚相玉，想把他掄起來，可是楚相玉紋風不動。

楚相玉雙掌已自脅間推出。

伍剛中人急生智，竟搶撲過去，一把抱住楚相玉。

楚相玉那兩掌，反而被自己身體所阻，擊不出去了。

但是「絕滅王」的雙掌，已到了出神入化的地步，一折之間，反拗擊中伍剛中的背部。

同時間，白欣如和周白宇的長劍又至，楚相玉猛地一個翻身，變成把伍剛中背向周白宇和白欣如，二人大驚，匆忙收劍，以免誤傷伍剛中！

而這時「絕滅王」的雙掌已擊在伍剛中的背上。

伍剛中斷劍、衝前、出掌、抓扣、力摟，只不過是刹那間的事，鐵手、周白宇、白欣如三人搶救無效，楚相玉已擊中伍剛中。

沒有人能中「絕滅王」的「冰魄寒光」與「烈火赤焰」而不死。

伍剛中也不能。

帥風旗這時一劍向楚相玉咽喉急刺而至！

楚相玉本來可以輕易扔掉伍剛中，再把帥風旗斃之於掌下的，忽然間，他胸口奇寒熾熱，不禁大驚！

原來伍剛中自知無倖存之理，也不運功抵掌，只把全身功力，凝聚在背後，一中掌後，在未氣絕的一刻前，把內力撞在胸膛上，逼入楚相玉的前胸。

伍剛中本就扭住楚相玉，兩人是貼身搏鬥的。

伍剛中這一下，是拚了一命，把掌功反送出去，可是大部分的掌力，仍擊在體內，一下子左身結了一層薄薄的冰，右身灼得皮焦額裂，慘烈倒斃。

伍剛中雖死，但畢竟有小部分的勁力，擊中了楚相玉的胸膛。

「絕滅王」楚相玉本不應與敵手太過迫近的。

若不是他太過輕敵，伍剛中又焉能迫近他呢？

楚相玉的內功，可以抵住任何掌擊。

可是那是他自己的「冰魄寒光掌」與「烈火赤焰掌」的內力！

楚相玉饒是功力深厚，捱了這兩記掌力，臉色也變了；一股極其陰寒的功力，一股極其剛烈的功力，在他身子裡游走。

如果現在不是在戰鬥中，楚相玉只需要一盞茶的時光便可以把它迫出了。

可是現在不單在戰鬥中，而且是在慘烈的戰鬥中。

楚相玉一愕，帥風旗的劍已到。

楚相玉猛然側身，帥風旗的劍一歪，刺入他右臂裡。

楚相玉一聲大吼，在長劍未完全沒入他的右臂前，他的反手已抓碎了帥風旗的頭顱。

這時軍士中的卜魯直與岑其藏，一刀一杖，雙雙撲到。

楚相玉左手一拍，伍剛中的屍首直撞向卜魯直，卜魯直閃避不及，被撞得噴血而歿！

但岑其藏已撲到，一杖刺了下去。

楚相玉雖然負傷，但他什麼陣仗沒有見過，強自鎮定，正欲運起「冰魄寒光掌」與「烈火赤焰掌」應敵，忽然全身一震，血氣上湧，金星亂冒，作聲不得！

原來他被自己的「冰魄寒光」、「烈火赤焰」兩種掌力竄流入體內，一時還未迫出，一旦要運功，反而更引起這兩道勁力奔竄，「冰魄寒光掌」力攢入「烈火赤焰掌」力內，「烈火赤焰掌」力又滲入「冰魄寒光掌」力裡，一時十分痛苦，以致兩種掌力都運不起來，反而痛入心脾。

要知道這兩種掌力，一至剛，一至柔，連楚相玉也只得一臂練一種掌力，不敢混羼，而今體內真氣混流，苦不堪言，若不是楚相玉內力深，定力高，早已走火入魔，癱倒當堂了。

可是這一來，岑其藏那一杖，便避不過了。

長杖劃破「絕滅王」的小腹，刺入了三分，但已刺不下去了。

「絕滅王」雖體內真氣游走，不能力抗，他一身銅皮鐵骨，岑其藏的功力又遠不及帥風旗，竟再也無法刺下去。

楚相玉當機立斷，一衝，長杖折斷，楚相玉右手已廢，但左手如閃電一般地捏碎了岑其藏咽喉！

這時，鐵手、周白宇、白欣如又已撲至！

楚相玉已然受傷，機會稍縱即逝，任誰也不會輕易地放過！

若放過了這個機會，只怕他們之中，沒有一個人能活回滄州的。

連那剩下的十三名差役，十一名軍士，也拚命衝殺過來，他們眼見楚相玉談笑間已殺了整整二十人，不禁心寒，可是這也使他們更清楚地知道，不殺「絕滅王」，他們要逃也逃不了！

這時的「絕滅王」，可說是「虎落平陽被犬欺」了。

但虎畢竟是虎，虎是獸中之王，不是任何人可以欺負得了的。

◇◇◇◇◇◇◇

周白宇的七劍，白欣如的五劍，楚相玉都避過了。

鐵手無情，鐵拳更無情。

楚相玉一手刁住鐵手的右腕，再反手一搭，扣住鐵手的左腕！

楚相玉雖運不起他最厲害的兩種內功，但他內力基礎穩忙，出手奇準，力道也把握得極好，天下任何人的手都得被他扣住。

只要一被扣住，他就可以把鐵手一腳踢死！

只要把鐵手踢走，他就可以喘上一口氣。

只要他有喘上一口氣的機會，憑他的武功，便可以反敗為勝。

他的要求不大，只求能使這如排山倒海、捨命拚命的攻擊緩上一緩，他就可以應付了。

天下任何一雙手，都會被他這一搭刁住。

除了一雙手。

鐵手。

鐵堅而硬。

鐵手的手比鐵更硬，更滑！

楚相玉才刁住了他的手，他的手已抖脫了楚相玉的手，雙拳照樣衝出。

若楚相玉還有第二隻手，還能阻上一阻，並借勢避了開去。

可惜楚相玉的右手幾乎被帥風旗一劍透骨，而左手正欲變招，忽覺一麻，剛才中鏢的藥力未完全消退，而且失血過多，竟已慢了一慢！

鐵手的手已至，右拳擊在楚相玉的左肩上。

楚相玉立時聽到了自己骨頭碎裂的聲音！

楚相玉的腳也立時踢了出去。

楚相玉除了「烈火赤焰掌」與「冰魄寒光掌」享譽武林外，他的雙腳，至少能踢出五種武林最難學也最收效的腿法，其中一種便是「五虎斷魂腿」。

「五虎斷魂腿」當然是「五虎門」的絕技，但「五虎門」以「五虎斷魂刀」出名。

這「五虎斷魂腿」卻不甚出名，正因爲不出名，所以才有更多人傷在「五虎斷魂腿」下。

每個敵手都在留意著馳名武林的「五虎斷魂刀」，沒料到刀花中一腿擊來，不重傷也落得個半死，再補上一刀，才算斷了魂。其實沒有名堂的武功，不是較差，就是較毒，也就是更難。

楚相玉的「五虎斷魂腿」，已經練得連「五虎門」的門主都及不上。

他的腿本來可以後發而先至的，可是他用錯了腿，他用的是右腿，不是左腿，他的右腿跟左手一樣，同樣失過血，同樣藥力未消。

所以這一腿，無形中慢了一半。

楚相玉這一慢，在這種時候，無疑是致命傷。

鐵手的左拳已擂在楚相玉的胸膛上。

楚相玉以爲他能捱下這一擊的，但鐵手的鐵拳力道，竟比他想像中的大了一倍！

楚相玉立時倒飛了出去，一面飛，一面吐血！

他那一腳，也等於是踢空了。

楚相玉倒飛，鐵手前追，周白宇的劍已向前遞了過去，楚相玉的身子等於向周白宇的劍撞來。

劍冰冷地刺入楚相玉的背裡。

冰冷的劍鋒，貼在楚相玉的肌膚上。

楚相玉畢竟是身經百戰者，強自振作，他絕不能昏，他空有一身武功，尚未施展，怎能暈倒？

他立即雙腿一分，成一字形，左右踢了出去，正是「無極派」腿法：「南轅北轍」！

他的腿到的時候，劍鋒入背二寸五分，周白宇沒料到這一腿如此之快，給一腳蹬中胸部，飛了出去。

鐵手全力追趕，也避不及這陡然一腳，「砰」地踢中心胸，鐵手只做了一件事，及時把手護在胸前，那一腳的力道，是先踢在掌心再撞在心胸，鐵手也立時飛了出去。

這兩人一面飛出一面吐血，吐的血比楚相玉吐的還多，各自跌在丈外的雪地上，再也爬不起來。

薛丈二已衝了過去，伍剛中已死原混天也死了，薛丈二只求拚命！

楚相玉狂笑，「噗」地一聲，臂上、背上、腹上所帶的兩劍一刀，竟倒飛向薛丈二！

薛丈二只抓住一劍一刀，另一劍的劍鍔，倒撞中他的咽喉，薛丈二嘶叫了半聲，身子一軟，倒下地去。

楚相玉現在的傷處是：左右手一碎一斷，胸上中了兩刀一拳，腹上一道鏢傷，背上一道劍傷，再加上兩處鏢傷，以及運力射出刀劍殺死薛丈二，以致鮮血標出，縱是鐵打的人，也支持不住！

楚相玉居然支撐得住，在這種情況之下，他只做了一件事。

反攻！

其實，也只有反攻一途，沒有人比楚相玉自己更知道，他現在不反攻，只有等死！

周冷龍又一聲：「打！」

數十支箭，又向楚相玉射來。

楚相玉一面閃避，一面衝近，他沒有手，而且前衝，那些軍士和差役都是呆住了，他們從來沒有見過這樣可怕的人。

楚相玉中了三箭，但他已衝入人群中，東砸西撞，凡是給他撞中的人，不是全身灼焦而死，就是成了一具凍屍！

沒有人避得了楚相玉奇異迅速的身法，轉眼已死八人。

而楚相玉深深地知道，這不只是反攻之法，而且每撞中一個人，就可以把自己體內流竄的兩種掌力轉送出去，這樣雖不可能減輕內傷，但卻可以使體內奔縱的真氣舒洩出去，以致再可以運使「冰魄寒光掌」與「烈火赤焰掌」；他雖然雙手俱受重傷，難以出手，但這兩種內功一旦回復，別人要殺他，那要比登天還難！

剎那間，楚相玉又撞倒了六個人，只要再撞多兩人，他體內的真力便可以恢復了。

忽然間他被一個人用力抱住，那人那麼有力，幾乎使楚相玉聽到自己骨頭呻吟的聲音。

楚相玉立時把頭一仰，頂在那人的心胸上！

那人猛吐了一口血，仍然不放，正是「分金手」田大錯。

周冷龍的這時已衝來，左手持劍，右手持刀。

楚相玉大急，運起全身功力，全逼入田大錯體內。

田大錯五官一齊被功力激出了血，楚相玉也感覺到自己全身虛脫了，他的功力，已一時舒洩了出去，幾乎把半生修爲，都耗盡了，再也收不回來了。

田大錯的手鬆了，可是仍沒有脫，楚相玉竟掙它不脫，他知道自己的功力，已所剩無幾。

周冷龍已衝近，舉刀劍，楚相玉的求生慾望仍是很濃，他功力不在，功夫在，雙足踢出。

在這種情形之下，楚相玉居然還能準確地把周冷龍的刀劍踢飛。

可是他忘了一件事。

周冷龍的外號是「三手神猿」，他居然有第三隻手。

第三隻手突然自衣內伸了出來，拿的是一柄短刃，一刀刺入楚相玉的胸腹，及至沒柄。

楚相玉發出一聲驚天動地的慘叫，雙腿彈起，宛若長蛇，一夾夾住周冷龍左右太陽穴，用力一扭，周冷龍的脖子便斷了。

這時田大錯已鬆手，他眼見周冷龍一刀命中楚相玉，便知道這仇人也活不成了，他便安心地嚥了最後一口氣。

田大錯手一鬆，楚相玉跌在地上，恰巧周冷龍這時也跌在地上，兩人一口都是雪，都是血。

兩人都還沒有立即死亡，楚相玉喘著息，問了一句：「你爲什麼竟會有三隻手？」

周冷龍答了一句：「我本來就是孿生子之一，另一兄弟死了，他的一隻手長在我身上，所以我有三隻手，但怕別人視爲怪物，所以一直都藏起來。」

難怪他外號叫做「三手神猿」，這外號絲毫沒有叫錯，不過當初第一個取這外號的人，亦不知道周冷龍真有三條手臂，知道了也不免大吃一驚。

楚相玉和周冷龍一問一答，竟絲毫沒有敵意，問的問得誠懇，答的答得誠實。只是這一問一答之後，這兩人，便永遠不會再說一句話了。

◇◇◇

風雪依然怒吼，似在咆哮著些什麼。從楚相玉自滄州「鐵血大牢」被救走，一直到他現在搏殺伍剛中、原混天、薛丈二、岑其藏、卜魯直、田大錯、周冷龍，重創鐵手及周白宇後，這場雪仍一直在咆哮著，不止不休，好像在憤怒著什麼。

可是不管風雪何等憤怒，「絕滅王」都聽不到了。

雪地上只剩下五名猶有餘悸的軍士和五名驚魂未定的差役，呆呆地立著，只恐楚相玉還會突然跳起來，殺了他們。

雪地上還有一條白色的影子，當周白宇一給踢中時，她已無鬥志，立時掠出攙扶他。她當然便是白欣如。

當她扶住周白宇，周白宇嘴邊溢著血，只說了五個字：「我不會死的。」便暈了過去。

周白宇是不會死的，因爲他的劍先刺中「絕滅王」，劍加手，比腿要長，楚相玉只輕輕踢中他，沒有踢箇正著，因爲一旦帶傷追踢，劍入體內就更深了；楚相玉沒有追擊，只求踢開周白宇才能保留這一條命。

可是楚相玉的腳力仍令周白宇重傷。

鐵手呢？

鐵手倒在地上，四肢乏力，他沒有爬起來，胸膛如刀割一般地疼痛著，不過他也沒有死。

那千鈞一髮時以手一擋救了他的命。他的一雙鐵手，仍然接得下楚相玉那一腳，所以他僅被震傷，沒有給踢殺。

可是他眼見「絕滅王」楚相玉死了。

這麼多人圍攻他一個……萬里追蹤……先遭暗算……過於輕敵……不容喘息……等等等等，才殺得了他，鐵手怔怔地望著積雪，想起戚少商的話，憶起「絕滅王」的大志，一時也不知道他這次所做的，是對還是錯？只覺得很疲乏，沒有一次比這次更空虛，更沮喪……。楚相玉本早可以把他殺了，可是……

他只願他自己能在雪地上，就這樣的躺下去，躺了許多許多時候……

風雪紛飛，蓋在他臉上、頭上、嘴角，白雪雪花，純淨而高潔地飄下來，似要洗淨這世界上的所有血漬……

稿於一九七五年中
雲和街黃河小軒初成
校於一九九〇年八月二十日
台灣中華日報約稿「十一面埋伏」

請續看第三冊《玉手》

【武俠經典新版】四大名捕系列

四大名捕會京師（二）毒手

作者：溫瑞安
發行人：陳曉林
出版所：風雲時代出版股份有限公司
地址：10576台北市民生東路五段178號7樓之3
電話：(02) 2756-0949
傳真：(02) 2765-3799
執行主編：劉宇青
美術設計：許惠芳
行銷企劃：林安莉
業務總監：張瑋鳳

初版日期：2021年03月新版一刷
版權授權：溫瑞安
ISBN：978-986-352-926-2
風雲書網：http://www.eastbooks.com.tw
官方部落格：http://eastbooks.pixnet.net/blog
Facebook：http://www.facebook.com/h7560949
E-mail：h7560949@ms15.hinet.net
劃撥帳號：12043291
戶名：風雲時代出版股份有限公司
風雲發行所：33373桃園市龜山區公西村2鄰復興街304巷96號
電話：(03) 318-1378
傳真：(03) 318-1378
法律顧問：永然法律事務所 李永然律師
　　　　　北辰著作權事務所 蕭雄淋律師
行政院新聞局局版台業字第3595號 營利事業統一編號22759935
©2021 by Storm & Stress Publishing Co.Printed in Taiwan
◎ 如有缺頁或裝訂錯誤，請退回本社更換

定價：270元
版權所有　翻印必究

國家圖書館出版品預行編目資料

四大名捕會京師（二）／溫瑞安 著. -- 臺北市：風雲時代，2021.02-　冊；公分

ISBN 978-986-352-926-2（第2冊：平裝）

1.武俠小說

857.9　　　109019852